रवीन्द्रनाथ ठाकुर की लोकप्रिय कहानियां

रवीन्द्रनाथ ठाकुर की लोकप्रिय कहानियां

हिन्द पॉकेट बुक्स

हिन्द पॉकेट बुक्स
भारत की सर्वप्रथम पॉकेट बुक्स

उत्कृष्ट साहित्य का प्रतीक
सुन्दर • सुरुचिपूर्ण • सरल

रवीन्द्रनाथ ठाकुर की लोकप्रिय कहानियां

मूल अनुवाद : धन्यकुमार जैन
प्रथम संस्करण : 2003
पहला रिप्रिंट : 2006
दूसरा रिप्रिंट : 2008
तीसरा रिप्रिंट : 2011
चौथा रिप्रिंट : 2012
प्रकाशक : हिन्द पॉकेट बुक्स प्राइवेट लिमिटेड
जे-40, जोरबाग़ लेन, नई दिल्ली-110003
टाइपसेंटिग : शिखर आर्ट्स, बृज विहार, ग़ाज़ियाबाद
मुद्रक : यश प्रिंटोग्रॉफिक्स, बी-123, सेक्टर-10, नोएडा-201301

RABINDRANATH THAKUR KI LOKPRIYA KAHANIYAN
By Rabindranath Tagore

ISBN 13: 978-81-216-0939-8
ISBN 10: 81-216-0939-9
03/11/04/03/21/SA/SAP/YP/YP/OP075/NP135

दो शब्द

रवीन्द्रनाथ ठाकुर विश्व के महानतम साहित्यकारों में से थे। वे बहुमुखी प्रतिभा के कलाकार थे। श्रेष्ठ कवि के अतिरिक्त वे एक सशक्त कहानीकार, उपन्यासकार, नाटककार, निबन्धकार एवं समीक्षक – सभी कुछ थे।

यदि कला की दृष्टि से देखा जाए, तो रवीन्द्र के गीति-काव्य के बाद उनकी कहानियों का नम्बर आता है। बंगला-साहित्य में तो छोटी कहानियों का सूत्रपात करनेवाले भी वे ही हैं। एक समालोचक ने इनकी कहानियों के सम्बन्ध में लिखा है कि रवीन्द्रनाथ का काव्य चाहे चिरजीवी हो या न हो, पर ये कहानियां उन्हें निश्चित रूप से अमर कीर्ति देंगी। इस उक्ति से रवीन्द्र की प्रभाव-क्षमता अथवा महान आकर्षण का अनुमान सहज ही लगाया जा सकता है।

रवीन्द्र की अनेक कहानियां ऐसी हैं जिन्होंने कला, शिल्प, शब्द-सौन्दर्य, गठन-कौशल, भाव-पटुता एवं अभिव्यक्ति की सरसता आदि की दृष्टि से भूरि-भूरि प्रशंसा एवं अत्यन्त लोकप्रियता अर्जित की है।

डॉ. श्रीकुमार वन्द्योपाध्याय के अनुसार, रवीन्द्रनाथ ठाकुर के कहानी-साहित्य को मुख्यतः इस प्रकार विभक्त किया जा सकता है :

- प्रेम (उदाहरणतः 'एक रात', 'दृष्टिदान', 'दुराशा', 'महामाया' आदि कहानियां);
- सामाजिक जीवन के सम्पर्क की विचित्रता ('काबुलीवाला', 'पोस्टमास्टर', 'लल्ला बाबू की वापसी', आदि कहानियां);
- प्रकृति के साथ सम्पर्क ('सुभा', 'अतिथि', 'समाप्ति', आदि कहानियां); और
- अति प्राकृत का सम्पर्क ('निशीथ में', 'कंकाल', 'क्षुधित पाषाण' आदि कहानियां) आदि।

इनमें से अधिकांश कहानियां हमारे संकलन में पढ़ने को मिलेंगी।

पॉकेट बुक्स के अपने पाठकों के लिए रवीन्द्र की लोकप्रिय कहानियों का यह संकलन प्रस्तुत किया जा रहा है। इसमें उत्कृष्टता के साथ-साथ विविधता का भी ध्यान रखा गया है।

आशा है, इस संग्रह के माध्यम से हमारे पाठकों का स्वस्थ मनोरंजन तो होगा ही, साथ ही वे रवीन्द्र के कहानी-साहित्य में बिखरी हुई विभूतियों की भी एक झलक पा सकेंगे। रवीन्द्र की इन कहानियों के अनुवादक हैं – बंगला-साहित्य के विद्वान श्री धन्यकुमार जैन।

अनुक्रम

एक रात

सुरबाला के संग मैं एक साथ पाठशाला गया हूं; और आंख-मिचौनी खेल में भी उसका साथी रहा हूं। मैं अक्सर उसके घर जाया करता था। सुरबाला की मां मुझे बहुत प्यार करती थीं। किसी-किसी दिन वे हम दोनों को एक साथ खड़ा करके निरख-निरखकर देखतीं और आपसी बातचीत में कहतीं, "देखो, दोनों की जोड़ी कैसी अच्छी लगती है!"

तब मैं छोटा ज़रूर था, पर उनकी इस बात के मानी समझने में मैंने कोई गलती की हो ऐसा नहीं जान पड़ता। कारण बचपन ही से मेरे मन में यह धारणा जमकर बैठ गई थी कि सुरबाला पर औरों की बनिस्बत मेरा कुछ विशेष अधिकार है। उस विशेषाधिकार के मद में आकर मैंने उस पर रोब तो जमाया ही है, और अन्याय भी किया हो तो आश्चर्य नहीं। किन्तु सुरबाला की तरफ़ से इतना तो मुझे मानना ही पड़ेगा कि उसने काफ़ी सहनशील बनकर मेरी सब तरह की आज्ञाओं का यथासम्भव पालन किया है, और न करने पर मैंने जो सज़ा दी है, उसे मंज़ूर भी किया है। मुहल्ले में उसके रूप की सब तारीफ़ किया करते थे, किन्तु मुझ जैसे आवारा और उद्दंड लड़के की निगाह में उस सुन्दरता की कोई ख़ास क़ीमत नहीं थी। मैं समझता था कि सुरबाला सिर्फ़ मेरा प्रभुत्व मानने के लिए ही अपने बाप के घर पैदा हुई है, लिहाज़ा मेरे लिए वह ख़ास तौर से उपेक्षा की चीज़ है।

मेरे पिता गांव के जमींदार चौधरियों के यहां नायब थे। उनकी इच्छा थी कि लिखाई में मेरा हाथ सध जाने पर मुझे वे ज़मींदारी सरिश्ते का काम सिखाकर कहीं पर गुमाश्ते के काम पर लगा देंगे। पर मैं उनकी इस बात से मन-ही-मन नाराज़ था। हमारे मुहल्ले का नीलरतन जैसे कलकत्ता भागकर वहां पढ़-लिखकर कलेक्टर साहब के नीचे नाज़िर बन गया है, मेरे जीवन का लक्ष्य भी लगभग वैसा ही, यानी बहुत ऊंचा था। अगर कलेक्टर का नाज़िर न हो सका तो कम-से-कम दूसरी अदालत का हेड क्लर्क तो बनूंगा ही, यह मैंने मन-ही-मन तय कर रखा था।

मैं बचपन से ही देखता आया हूं कि मेरे बाप उक्त अदालत-जीवियों का बहुत ज़्यादा सम्मान करते थे। नाना उपलक्ष्यों में मछली, साग-तरकारी, रुपये-पैसे आदि से उनकी पूजार्चना की जाती थी, वह भी मुझसे छिपा नहीं था। इसलिए अदालत के छोटे-से-छोटे कर्मचारी, यहां तक कि सिपाही-पियादों तक को अपने मन में मैंने ख़ूब सम्मान का आसन दे रखा था। असल में ये हमारे देश के पूज्य देवता हैं, 'तैंतीस कोटि' के छोटे-मोटे नए-नए संस्करण। ज़मीन-जायदाद-सम्बन्धी सिद्धि-लाभ के लिए तो स्वयं सिद्धिदाता गणेश से भी इनपर लोगों का आन्तरिक भरोसा बहुत ज़्यादा है। इसीलिए पहले गणेशजी का जो कुछ हक़ था, आजकल वह हक़ इन्हीं को मिला करता है।

मैं भी नीलरतन के दृष्टान्त से उत्साहित होकर एक दिन मौक़ा पाकर कलकत्ता भाग आया। पहले गांव के एक जान-पहचानवाले के यहां ठहरा। उसके बाद धीरे-धीरे बाप से भी पढ़ाई के लिए कुछ-कुछ मदद मिलने लगी, और पढ़ाई नियम से होने लगी।

इसके अलावा मैं सभा-समितियों में भी शामिल हुआ करता था। इस विषय में मैं निस्सन्देह हो गया था कि देश के लिए सहसा प्राण विसर्जन करने की बड़ी सख़्त ज़रूरत है। किन्तु, क़िस तरह यह दुःसाध्य कार्य हो सकता है, यह मुझे नहीं मालूम था, और न कोई दृष्टान्त ही दिखाता था।

मगर फिर भी उत्साह में कोई कमी नहीं थी। हम लोग गंवई-गांव के लड़के थे। कलकत्ता के लड़कों की तरह हम सब बातों को हंसी में उड़ाना नहीं जानते थे, और इसीलिए शायद हमारी देश-भक्ति अत्यन्त दृढ़ थी। हमारी सभा के संचालकगण व्याख्यान दिया करते थे, और हम लोग चन्दे का खाता लेकर बिना खाए-पीए यों ही धोरी-दुपहरी में घर-घर भीख मांगते फिरते थे। सड़क के किनारे खड़े होकर विज्ञापन बांटा करते, सभा की जगह में जाकर बेंच-चौकी वगैरह लगाते, और सभापति के नाम पर अगर कोई कुछ बात कह देता तो उससे कमर कसके लड़ने को आमादा हो जाते।

शहर के लड़के हमारे इन लक्षणों को देखकर हम लोगों को गांव के 'गंवार' कहने लगे थे।

कलकत्ता आया था नाज़िर या सरिश्तेदार बनने, पर मेज़िनी गैरिबाल्डी बनने की तैयारियां करने लगा।

इतने में मेरे पिता और सुरबाला के पिता दोनों ही एकमत होकर सुरबाला के साथ मेरे ब्याह की तैयारियां करने लगे।

मैं पन्द्रह वर्ष की उमर में कलकत्ता भाग आया था, और तब सुरबाला की उमर थी कुल आठ साल की। अब मैं अठारह साल का हूं। पिता का मत है कि मेरी ब्याह की उमर क्रमशः बीतती जा रही है, पर इधर मैंने मन-ही-मन प्रतिज्ञा कर ली थी कि 'आजीवन मैं ब्याह नहीं करूंगा और स्वदेश के लिए मर मिटूंगा।' पिता से मैंने कह दिया कि 'पढ़ाई ख़त्म किए बग़ैर मैं ब्याह नहीं करूंगा।'

दो-ही-चार महीने में मुझे ख़बर मिली कि वकील रामलोचन बाबू के साथ सुरबाला का ब्याह हो गया। पतित भारत के लिए मैं तब चन्दा-वसूली के काम में मशगूल था, लिहाज़ा यह ख़बर मुझे अत्यन्त तुच्छ जान पड़ी।

एंट्रेन्स पास कर चुका। फर्स्ट ईयर आर्ट्स की परीक्षा देनेवाला था। इतने में पिता की मृत्यु हो गई। घर में सिर्फ़ मैं ही अकेला न था, माता और दो बहनें भी थीं। इसलिए काम-काज की टोह में घूमना पड़ा। ब़हुत कोशिश करने के बाद मुझे नोआखाली विभाग के एक स्कूल की सेकेंड मास्टरी मिली।

सोचा कि अपने योग्य काम मिल गया, अच्छा ही हुआ। उपदेश और उत्साह दे-देकर हर एक विद्यार्थी को भावी भारत का सेनापति बना दूंगा।

काम शुरू कर दिया। देखा कि भावी भारत की अपेक्षा वहां आसन्न परीक्षा की हड़बड़ी ही बहुत ज़्यादा है। छात्रों को 'ग्रामर' और 'एलज़बरा' के अलावा बाहर की और कोई बात समझाने से हेडमास्टर साहब नाराज़ होते हैं। और तब, दो ही महीने के अन्दर मेरा उत्साह ठंडा पड़ गया।

हम जैसे प्रतिभाहीन लोग घर-बैठे अनेक तरह की कल्पनाएं किया करते हैं, किन्तु अन्त में कार्यक्षेत्र में उतरने के बाद उनके कन्धे पर जब हल रखा जाता है और पीछे से पूंछ मरोड़ी जाती है, तब वे सहिष्णुता के साथ सिर झुकाए हुए दिन-भर खेत जोतने का काम करते हैं, और उसके एवज़ में शाम को जो

भरपेट भूसा मिल जाता है उसी में वे सन्तुष्ट रहते हैं। फिर उनमें उछल-कूद और उत्साह कुछ भी नहीं रह जाता।

उन दिनों आग लगने की आशंका थी, इसलिए एक मास्टर को स्कूल में ही रहना पड़ता था। मैं छड़ीदा आदमी था, लिहाज़ा मेरे ही ऊपर यह भार आ पड़ा। स्कूल से सटी हुई एक छोटी-सी झोपड़ी थी, उसी में मैं रहने लगा।

स्कूल क़स्बे से बाहर कुछ दूरी पर था, एक बड़े तालाब के किनारे। चारों तरफ़ सुपारी, नारियल और मदार के पेड़ थे, और स्कूल से बिलकुल सटे हुए दो बड़े-बड़े नीम के पेड़ थे, जिनकी छाया से स्कूल के मास्टर और छात्र काफ़ी फ़ायदा उठाया करते थे।

एक बात का उल्लेख करना भूल गया, और अब तक उसे मैं उल्लेख-योग्य समझता भी न था। यहां के सरकारी वकील रामलोचन राय का मकान हमारे स्कूल के नज़दीक ही था। और मुझे यह मालूम था कि उनके साथ उनकी स्त्री, मेरी बाल्य-सखी, सुरबाला भी रहती है।

रामलोचन बाबू के साथ मेरी जान-पहचान हो गई। सुरबाला के साथ मेरी बचपन की जान-पहचान थी, यह बात रामलोचन बाबू को मालूम थी या नहीं, मैं नहीं कह सकता। मैंने भी उनसे इस नए परिचय में इस सम्बन्ध में कोई बात कहना ठीक नहीं समझा। साथ ही यह बात भी मेरे मन में अच्छी तरह उदय नहीं हुई कि सुरबाला का किसी दिन मेरे जीवन के साथ कोई विशेष सम्बन्ध था।

एक दिन, छुट्टी के रोज़, मैं रामलोचन बाबू के घर पर उनसे मिलने गया। याद नहीं, किस विषय में बात चल रही थी, शायद वर्तमान भारत की दुरवस्था के सम्बन्ध में कुछ चर्चा कर रहे थे। वे इस विषय में विशेष चिन्तित और व्याकुल हों सो बात नहीं, किन्तु यह विषय ऐसा है कि तम्बाकू पीते-पीते इस बारे में दो-एक घंटा अनर्गल बातें करते रहो तो वक़्त मज़े में कट जाता है।

इतने में बग़ल के कमरे में से चूड़ियों की ज़रा मीठी खनखन, ज़रा कपड़ों की खसखस और किसी के कोमल पैरों की ज़रा कुछ आहट-सी सुनाई दी। और मैं अच्छी तरह समझ गया कि खिड़की की संध में से कुतूहलपूर्ण नेत्रों से मेरी ओर कोई देख रही है।

उसी क्षण दो आंखों की मुझे याद उठ आई। विश्वास, सरलता और शैशव-प्रीति से छलकती हुई दो बड़ी-बड़ी आंखें थीं वे, उनमें काले-काले तारे थे और स्थिर-स्निग्ध दृष्टि थी उनकी। सहसा मेरे हृदय को मानो किसी ने कड़ी मुट्ठी में दबाकर मसोस दिया, और वेदना से मेरा हृदय अधपके फोड़े की तरह टीस मारने लगा।

मैं अपनी झोंपड़ी में लौट आया, पर वह दर्द ज्यों-का-त्यों बना ही रहा। मैं पढ़ता-लिखता, और भी काम करता, पर मन का वह भाव किसी भी तरह दूर न हुआ। मन मेरा सहसा भारी बोझ-सा बनकर छाती की नसें पकड़कर ऐसे झूलने लगा कि उसके मारे मैं बेचैन हो उठा।

रात को कुछ स्थिर होकर सोचने लगा कि 'ऐसा क्यों हुआ?' मन के भीतर से जवाब मिला, 'तुम्हारी वह सुरबाला कहां गई?'

मैंने उससे कहा, 'मैंने तो उसे अपनी इच्छा से छोड़ दिया है। वह क्या हमेशा मेरे लिए ही बैठी रहती?'

मन के भीतर से किसी ने कहा, 'तब जिसे तुम चाहते ही पा सकते थे, अब अपना सिर दे-दे मारने पर भी तुम्हें उसे एक बार आंखों से देखने तक का अधिकार नहीं मिल सकता। वह बचपन की सुरबाला तुम्हारे कितने ही नज़दीक क्यों न रही हो, पर अब तो, उसकी चूड़ियों की झनकार सुनो, उसके जूड़े के मसाले के तेल की सुगन्ध का अन्दाज़ा लगाते रहो, मगर फिर भी बीच में एक दीवार हर हालत में खड़ी ही रहेगी।'

मैंने कहा, 'रहने दो, सुरबाला मेरी कौन है?'

जवाब मिला, 'माना कि आज वह तुम्हारी कोई भी नहीं है, पर तुम्हारी वह क्या नहीं हो सकती थी?'

बात तो सच है। सुरबाला मेरी क्या नहीं हो सकती थी! सबसे बढ़कर अन्तरंग हो सकती थी, सबसे ज़्यादा नज़दीक और घनिष्ठ हो सकती थी, मेरे जीवन के सम्पूर्ण सुख-दुखों की साथिन हो सकती थी। पर आज वह इतनी दूर है, इतनी पराई है कि आज मुझे उसे देखने तक की मनाही है, उससे बात करने में भी दोष है, उसके विषय में विचार करना भी पाप है! और, एक रामलोचन

नाम का अनजान आदमी अचानक न जाने कहां से आ धमका और सिर्फ़ दो-चार रटे हुए मन्त्र पढ़-पढ़ाकर सुरबाला को दुनिया के और सबों के पास से क्षण-भर में झपट्टा मारके ले गया!

मानव समाज में मैं किसी नई नीति का प्रचार करने नहीं बैठा, न मैं समाज को तोड़ने आया हूं, और न बन्धन तोड़ना मैं पसन्द ही करता हूं। मैं तो सिर्फ़ अपने मन के असली भावों को ज़ाहिर करना चाहता हूं। अपने मन में जो भाव उठा करते हैं, वे क्या सभी विचार करने योग्य होते हैं? पर क्या करूं, रामलोचन के घर में दीवार की ओट में जो सुरबाला खड़ी हुई थी, वह रामलोचन की अपेक्षा मेरी ही अधिक थी, यह बात मेरे मन से किसी भी तरह दूर ही नहीं होना चाहती। माना कि ऐसा विचार करना बिलकुल असंगत और अत्यन्त अन्याय-युक्त है, पर ऐसा होना अस्वाभाविक नहीं।

मेरा मन अब किसी काम में नहीं लगता। दोपहर को जब क्लास के लड़के गुनगुनाकर पढ़ा करते हैं, बाहर जब धू-धू लू चलती रहती है, गरम हवा जब नीम की पुष्प-मंजरियों की सुगन्ध बहा लाती है, तब मेरी इच्छा होती है — क्या इच्छा होती है सो मुझे नहीं मालूम, हां, इतना मैं कह सकता हूं कि भारत की उन भावी आशाओं को, देश की उन होनहार सन्तानों को, स्कूल में उनकी व्याकरण की भूलें बताकर ज़िन्दगी बसर करने की इच्छा तो कतई नहीं होती।

स्कूल की छुट्टी हो जाने पर उस सुनसान घर में अकेले मेरा मन नहीं लगता, और अगर कोई भलामानस मिलने आता तो वह भी नागवार गुज़रता। शाम के वक़्त तालाब के किनारे सुपारी और नारियल के पेड़ों की अर्थहीन मर्मर ध्वनि सुनते-सुनते मैं सोचने लगता कि मनुष्य समाज एक जटिल भ्रम का जाल है। ठीक वक़्त पर ठीक काम करने की किसी को भी याद नहीं रहती, और उसके बाद फिर वह बे-ठीक वक़्त पर बे-ठीक वासनाएं लेकर तड़पता रहता है।

मुझ सरीखा आदमी सुरबाला का पति बनकर बुढ़ापे तक ख़ूब सुख से रह सकता था, सो मैं बनने चला गैरिबाल्डी, और हुआ आख़िर एक देहाती स्कूल का सेकेंड मास्टर! और रामलोचन राय एक वकील है, उसके लिए ख़ासतौर से सुरबाला का ही पति बनना कोई ख़ास ज़रूरी नहीं था, ब्याह के एक क्षण पहले

तक उसके लिए जैसी सुरबाला थी वैसी ही भवशंकरी, और वही रामलोचन आज बग़ैर कुछ सोचे-समझे सुरबाला के साथ ब्याह करके सरकारी वकील बनकर मज़े में रुपये पैदा कर रहा है! जिस दिन दूध में ज़रा धुएं की बू आती है, उस दिन सुरबाला को वह डांट देता है और जिस दिन मन प्रसन्न रहता है, उस दिन सुनार को बुलवाकर सुरबाला के लिए गहने बनने दे देता है। ख़ूब मोटा-ताज़ा है, अचकन पहनता है, उसे किसी तरह का असन्तोष नहीं। किसी दिन वह तालाब के किनारे बैठकर आकाश के तारे गिन-गिनकर हाय-तौबा करते रात नहीं बिताता।

रामलोचन किसी भारी मुक़दमे के काम से कहीं बाहर गया था। स्कूल के मकान में जैसे मैं अकेला था, उस दिन सुरबाला के घर सुरबाला भी शायद अकेली ही थी।

याद है, उस दिन सोमवार था। सवेरे से बादल हो रहे थे। क़रीब दस बजे से टप्-टप् मेह बरसने लगा। बादलों की हालत देखकर हेडमास्टर ने स्कूल की जल्दी छुट्टी कर दी। काले बादलों के टुकड़े मानो किसी एक महा आयोजन के लिए तमाम आकाश में दिन-भर इधर से उधर दौड़-धूप करते रहे। उसके दूसरे दिन शाम को मूसलाधार वर्षा और साथ-साथ आंधी भी शुरू हुई। जितनी रात बीतने लगी, वर्षा और आंधी का वेग उतना ही बढ़ता गया। पहले पुरबैया हवा चलती रही, फिर क्रमशः उत्तर और उत्तर-पूर्व की हवा चलने लगी।

ऐसी रात में सोने की कोशिश करना व्यर्थ है। सहसा याद उठ आई कि आज की रात में, ऐसे आंधी-मेह में, सुरबाला घर में अकेली होगी। हमारा स्कूलवाला घर उसके घर से कहीं मज़बूत है। मैंने कितनी ही बार सोचा कि उसे मैं स्कूलवाले घर में बुला लूं, और मैं तालाब के किनारे रात बिताऊं। किन्तु किसी भी तरह मन को स्थिर न कर सका।

रात के क़रीब डेढ़-दो बजे होंगे। सहसा बाढ़ आने का शब्द सुनाई दिया, मानो समुद्र दौड़ा आ रहा हो। मैं घर से बाहर निकल पड़ा। सुरबाला के घर की ओर चला। रास्ते में तालाब की मेड़ थी। वहां तक पहुंचने में घुटनों तक पानी पड़ा। मैंने मेड़ के ऊपर चढ़कर देखा तो वहां एक और तरंग आ उपस्थित हुई है। हमारे तालाब की मेढ़ का कुछ हिस्सा लगभग ग्यारह हाथ ऊंचा होगा।

मेड़ पर जिस समय मैं चढ़ने लगा, ठीक उसी समय दूसरी ओर से एक और आदमी चढ़ा। वह आदमी कौन था यह मेरी सम्पूर्ण अन्तरात्मा ने, मेरे सिर से लेकर पैर तक समस्त अंगों ने जान लिया, इसमें मुझे ज़रा भी सन्देह नहीं।

शेष सब-कुछ पानी में डूब चुका था, केवल हम ही दोनों जने उस पांच-छः हाथ के द्वीप में आकर खड़े हो गए थे।

तब प्रलय का समय था, आकाश में तारों का भी प्रकाश न था, संसार के सारे दीप बुझ चुके थे, तब एक-आध बात कर लेने में भी कोई हानि नहीं थी, पर एक भी बात किसी के मुंह से नहीं निकली। किसी ने किसी से कुशल तक न पूछा।

दोनों जने सिर्फ़ अन्धकार की तरफ़ देखते रहे। और पांवों के नीचे से घोर काले रंग का उन्मत्त मृत्यु-स्रोत गरजता हुआ प्रवाहित होता रहा।

आज सम्पूर्ण विश्व-संसार को छोड़कर सुरबाला मेरे पास आकर खड़ी हुई है। आज मेरे सिवा सुरबाला का संसार में और कोई भी नहीं है। एक दिन बचपन की वह सुरबाला न जाने किस जन्मान्तर से, किस पुराने रहस्य-अन्धकार से बहकर इस सूर्य-चन्द्रालोकित लोक-परिपूर्ण पृथ्वी पर मेरे पास आ लगी थी; और आज, कितने दिनों बाद, उसी आलोकमय लोकमय पृथ्वी को छोड़कर इस भयानक जनशून्य प्रलयान्धकार में वह अकेली मेरे ही पास आ खड़ी हुई है। जन्म-स्रोत ने जिस नवकलिका को मेरे पास ला पटका था, अब मृत्यु-स्रोत उसी विकसित पुष्प को मेरे ही पास ले आया है। अब सिर्फ़ एक और लहर आते ही पृथ्वी के इस टुकड़े से, विच्छेद के इस डंठल से टूटकर हम दोनों एक हो जाएंगे।

वह लहर न आवे! अपने पति, पुत्र, गृह, धन, परिवार को लेकर सुरबाला चिरकाल तक सुख से रहे। मैंने इसी एक रात में महाप्रलय के तट पर खड़े-खड़े अनन्त आनन्द का आस्वाद पा लिया है।

रात क़रीब ख़त्म हो आई, आंधी थम गई, पानी घट गया। सुरबाला बग़ैर कुछ बोले-चाले चुपचाप घर की ओर चल दी; और मैं भी बिना कुछ कहे-सुने चुपके से अपने घर लौट आया।

सोचने लगा, मैं नाज़िर भी न हुआ, सरिश्तेदार भी न हुआ, गैरिबाल्डी भी न हो सका – मैं एक टूटे-फूटे स्कूल का सेकेंड मास्टर हूं। मेरे इस सम्पूर्ण जीवन में सिर्फ़ क्षण-भर के लिए एक अनन्त रात का उदय हुआ था, मेरी परमायु के सम्पूर्ण दिनों में सिर्फ़ यही 'एक रात' मेरे इस तुच्छ जीवन की एकमात्र चरम सार्थकता है।

(मूल रचना : जेठ, 1949)

सुभा

लड़की का नाम जब 'सुभाषिणी' रखा गया था तब कौन जानता था कि वह गूंगी होगी? इसके पहले, उसकी दो बड़ी बहनों के नाम रखे गए हैं सुकेशिनी और सुहासिनी, इसी से, क़ाफ़िया मिलाने की गरज से उसके बाप ने छोटी लड़की का नाम रख दिया सुभाषिणी। अब संक्षेप में उसे सब 'सुभा' कहते हैं।

काफ़ी खोज और ख़र्च के साथ दोनों बड़ी लड़कियों का ब्याह हो चुका है, और अब छोटी लड़की सुभा मां-बाप के हृदय के नीरव बोझ की तरह घर की शोभा बढ़ा रही है।

जो बोलती नहीं वह सब-कुछ अनुभव करती है, यह बात सबकी समझ में नहीं आती, और इसी से, सुभा के सामने ही सब कोई उसके भविष्य के विषय में तरह-तरह की चिन्ता-फ़िकर की बातें किया करते हैं। किन्तु स्वयं सुभा इस बात को बचपन से ही समझ चुकी है कि उसने विधाता के अभिशाप के रूप में अपने पिता के घर आकर जन्म लिया है। इसका नतीजा यह हुआ कि वह हमेशा ही अपने को सबकी निगाह से बचाए रखने की कोशिश करती रहती है। वह मन-ही-मन सोचा करती कि उसे सब भूल जाएं तो अच्छा। मां-बाप के मन में वह हर वक़्त दर्द की तरह जीती-जागती बनी ही रहती।

ख़ासकर उसकी मां उसे अपनी ही एक त्रुटि के रूप में देखती है, क्योंकि हर एक मां लड़के की अपेक्षा लड़की को कहीं ज़्यादा अपने अंश के रूप में देखती है। और, लड़की में कोई कमी होने पर वे उसे अपने लिए मानो ख़ासतौर से शर्म की बात मानती है। सुभा के पिता वाणीकण्ठ तो बल्कि सुभा को अपनी और-और लड़कियों की अपेक्षा कुछ ज़्यादा प्यार करते हैं, पर मां उसे अपने गर्भ का कलंक जानकर उससे उदास-सी रहती है।

सुभा के बोलने की ज़बान नहीं है, किन्तु उसके लम्बी-लम्बी पलकोंशुदा दो

काली आंखें ज़रूर हैं, और उसके ओठ तो मन के भाव के ज़रा से इशारे पर नए कोमल-चिकने पत्ते की तरह कांप-कांप उठते हैं।

शब्दों से हम जो परस्पर अपने मन के भाव प्रकट किया करते हैं, उसको हमें बहुत कुछ अपनी कोशिश से गढ़ लेना पड़ता है, कुछ-कुछ अनुवाद करने के समान ही समझो, और वह हर वक़्त ठीक भी नहीं होता; शक्ति की कमी से अकसर उसमें भूल भी हो जाती है। किन्तु काली आंखों को कभी कुछ भी अनुवाद नहीं करना पड़ता, मन अपने-आप ही उन पर छाया डालता रहता है, मन के भाव अपने-आप ही उस छाया में कभी फैलते और कभी सिकुड़ते रहते हैं। कभी ये आंखें चमक-चमककर जलने लगती हैं तो कभी उदास होकर बुझ-सी जाती हैं, कभी डूबते हुए चांद की तरह टकटकी लगाए न जाने क्या देखती रहती हैं तो कभी चंचल बिजली की तरह ऊपर-नीचे इधर-उधर चारों तरफ़ बड़ी तेज़ी से छिटकने लगती हैं। और, ख़ासकर मुंह के भाव के सिवा जिसके पास जन्म से ही और कोई भाषा नहीं, उसकी आंखों की भाषा तो बेहद उदार और अथाह गहरी होती ही है – क़रीब-क़रीब साफ़-सुथरे नीले आकाश के समान। उन आंखों को तो उदय से लेकर अस्त तक, सुबह से लेकर शाम तक और शाम से लेकर सुबह तक, छायालोक की निस्तब्ध रंगभूमि ही समझना महानता है, और यही कारण है कि साधारण लड़के-लड़कियां सबको उसका एक तरह का डर-सा बना रहता, उसके साथ कोई खेलता नहीं। वह सुनसान दोपहरी के समान शब्दहीन और संगीहीन अकेली ही बनी रहती।

गांव का नाम है चंडीपुर। उसके बग़ल से बहनेवाली नदी बंगाल की एक छोटी-सी नदी है – गृहस्थ के घर की छोटी-सी लड़की के समान। बहुत दूर तक उसका फैलाव नहीं है। उसके ज़रा भी आलस नहीं है, वह अपनी छरहरी देह लिए अपने दोनों किनारों की रक्षा करती हुई अपना काम किए जाती है। दोनों किनारे के गांवों के सब लोगों के साथ मानो उसका एक-न-एक सम्बन्ध हो गया है। दोनों तरफ़ गांव हैं और पेड़ों के छायादार ऊंचे किनारे, जिनके नीचे से गांव की लछमी स्रोतस्विनी नदी अपने-आप को भूलकर जल्दी-जल्दी क़दम बढ़ाती हुई बहुत ही प्रसन्न चित्त से असंख्य मंगल कार्यों के लिए बहती चली जा रही है।

वाणीकण्ठ का घर नदी के ऐन किनारे पर है। उसका खपच्चियों का बाड़ा, ऊंचा छप्पर, ग्वालघर, भुस और चारे का ढेर, आम, कटहर और केलों का बग़ीचा हर एक नाववाले की नज़र अपनी तरफ़ खींचा करता है। ऐसे घर में आसानी से चलनेवाली ऐसी सुख की गृहस्थी में, उस गूंगी लड़की पर किसी की नज़र भी पड़ती है या नहीं, मालूम नहीं। पर काम-काज से ज्योंही उसे ज़रा फ़ुरसत मिलती, त्योंही वह चट्-से उस नदी के किनारे जा बैठती।

प्रकृति मानो उसकी भाषा की कमी पूरी कर देती है। नदी की कल-ध्वनि, जनता का कोलाहल, मांझी-मल्लाहों का भाटियाली गाना, चिड़ियों का चहचहाना, पेड़-पौधों की मर्मर-ध्वनि, सब मिलकर चारों तरफ़ के गमनागमन आन्दोलन और कम्पन के साथ एक होकर समुद्र की तरंगों की तरह, उस बालिका के चिर-निस्तब्ध हृदय-उपकूल के बिलकुल पास आकर मानो टूट-टूट पड़ता है। प्रकृति की ये नाना ध्वनियां, विविध शब्द और विचित्र गीत, यह भी तो गूंगी की ही भाषा है, बड़ी-बड़ी आंखों और उनसे भी बड़ी पलकोंवाली सुभा की जो भाषा है उसी का मानो वह विश्वव्यापी विस्तार है, जिसमें झींगुरों की झनकार से गूंजती हुई तृण-भूमि से लेकर शब्दातीत नक्षत्र-लोक तक केवल इंगित, भंगिमा, संगीत, क्रन्दन और दीर्घ-निश्वास भरा पड़ा है।

और, दोपहर को मल्लाह और कछुए जब खाने के लिए घर जाते, गृहस्थ और पक्षी आराम करते, पार उतारनेवाली नावें बन्द रहतीं और जन-बहुल जगत अपने सारे काम-काजों के बीच में रुककर सहसा भयानक निर्जन मूर्ति धारण करता, तब रुद्र महाकाश के नीचे सिर्फ़ एक गूंगी प्रकृति और एक गूंगी लड़की दोनों आमने-सामने चुपचाप बैठी रहतीं, एक दूर तक फ़ैली हुई धूप में और दूसरी एक छोटे-से पेड़ की छाया में।

सुभा की ख़ास सहेली कोई हो ही नहीं, सो बात नहीं। ग्वालघर में दो गायें हैं, एक का नाम है सरबती और दूसरी का पार्वती। ये नाम सुभा के मुंह उन गायों ने कभी नहीं सुने, किन्तु वे उसके पैरों की आहट ख़ूब पहचानती हैं। सुभा का बिन बातों का ऐसा एक करुण स्वर है जिसका अर्थ वे भाषा की अपेक्षा कहीं ज़्यादा सरलता से समझ जाती हैं। सुभा कभी उन पर लाड़ करती है, कभी

डांटती है और कभी प्रार्थना का भाव दिखाकर उन्हें मना भी लेती है; और इन बातों को उसकी 'सारो' और 'पारो' आदमी की अपेक्षा कहीं ज़्यादा समझ जाती हैं।

सुभा ग्वालघर में घुसकर अपनी दोनों बांहों से जब सारो की गर्दन पकड़कर उसके कान के पास अपनी कनपटी रगड़ती है तब पारो प्यार की दृष्टि से उसकी ओर देखती हुई उसकी देह चाटने लगती है। सुभा दिन-भर में कम-से-कम दो-तीन बार तो नियम से ग्वालघर में जाती है। इसके सिवा अनियमित जाना-आना भी बना रहता है। घर में जिस दिन वह कोई कड़ी बात सुनती उस दिन उसका समय अपनी गूंगी सखियों के पास ही बीत जाता। सुभा की सहनशील और विषाद-शान्त चितवन को देखकर वे न जाने कैसी तो एक अन्ध अनुमान-शक्ति से उसकी मर्म वेदना को समझ जातीं, और उसकी देह से सटकर धीरे-धीरे उसकी बांहों पर सींग घिस-घिसकर मौन व्याकुलता से उसे सान्त्वना देने की कोशिश करतीं।

इनके अलावा एक बकरी और एक बिल्ली का बच्चा भी था। उनके साथ सुभा की ऐसी बराबरी की मित्रता तो नहीं थी, फिर भी, वे उससे काफ़ी प्यार रखते और उसके अनुकूल चलते। बिल्ली का बच्चा, चाहे दिन हो या रात, जब-तब सुभा की गरम गोद में बिना किसी संकोच के अपना हक़ जमा लेता और सुख की नींद सोने की तैयारी करता। सुभा जब उसकी गर्दन और पीठ पर अपनी कोमल उंगलियां फेर देती तब तो वह भीतर से ऐसा भाव प्रकट करने लगता कि जैसे उससे उसकी नींद में ख़ास मदद मिल रही हो।

उन्नत श्रेणी के जीवों में सुभा को और भी एक साथी मिल गया था। किन्तु उसके साथ उसका ठीक कैसा सम्बन्ध था, इसकी पक्की ख़बर बताना मुश्किल है। क्योंकि उसकी बोलने की ज़बान है और यह है गूंगी, लिहाज़ा दोनों की बोली एक नहीं थी।

वह था गुसाइयों का छोटा लड़का प्रताप। लड़का बिलकुल आलसी और निठल्ला था। उसके मां-बाप ने बड़ी कोशिशों के बाद इस बात की उम्मीद तो कतई छोड़ दी थी कि वह काम-धन्धा करके घर-गृहस्थी की कुछ मदद या तरक्की

कर सकेगा। निठल्लों के लिए एक बड़ा सुभीता यह है कि घर के लोग उन पर भले ही नाखुश रहें, किन्तु बाहरवालों के लिए वे प्रायः प्रिय पात्र होते हैं; कारण किसी काम में फंसे न रहने से वे सरकारी मिलकियत-से बन जाते हैं। शहरों में जैसे घर के सम्पर्क से बिलकुल अलग एक-आध सरकारी बाग़-बग़ीचे का रहना ज़रूरी है, वैसे ही गांवों में दो-चार निठल्ले सरकारी आदमियों का रहना अत्यन्त आवश्यक है। काम-काज में, हंसी-खेल में और जहां कहीं भी एक आदमी की कमी दिखी, वहीं वे चट्-से हाथ के पास ही मिल जाते हैं।

प्रताप को मछली पकड़ने का बहुत शौक़ है। इससे उसका आसानी से बहुत-सा वक़्त कट जाता है। तीसरे पहर नदी के किनारे अकसर वह इस काम में तल्लीन दिखाई देता, और इसी बहाने सुभा से उसकी मुलाक़ात हुआ करती। चाहे किसी भी काम में हो, बग़ल में एक साथी मिल जाने से प्रताप रहता बड़ा खुश है। मछली पकड़ते समय मौनी साथी ही सबसे अच्छा समझा जाता है, इसलिए प्रताप सुभा की ख़ूबी जानता और क़दर करता है। यही कारण है कि और सब तो सुभा को 'सुभा' कहते, किन्तु प्रताप उसमें और भी ज़रा प्यार मिलाकर सुभा को 'सू' कहकर पुकारा करता है।

सुभा इमली के पेड़ के नीचे बैठी रहती, और प्रताप पास ही ज़मीन पर बैठा हुआ पानी में कांटा डालकर उसी की तरफ़ देखता रहता। प्रताप के लिए सुभा की तरफ़ से रोज़ एक पान बंधा हुआ था, और उसे वह खुद अपने हाथ से लगाकर लाती। तालाब के किनारे बहुत देर तक बैठे-बैठे और देखते-देखते सुभा का शायद ऐसा मन करता कि वह प्रताप को कोई एक ख़ास सहायता पहुंचाए, उसके किसी काम में सहारा दे। उसके ऐसा जी में आता कि किसी तरह वह जता दे कि संसार में वह भी कोई कम ज़रूरी चीज़ नहीं। किन्तु उसके पास न तो कुछ करने को था और न वह कुछ कर सकती थी। तब वह मन-ही-मन विधाता से ऐसी अलौकिक शक्ति के लिए प्रार्थना करती कि जिससे वह जादू-मन्तर से चट्-से ऐसा कोई चमत्कार दिखा सके जिसे देखकर प्रताप दंग रह जाए; और कहने लगे, "अच्छा! 'सू' में यह करामात! मुझे क्या मालूम था!"

मान लो, सुभा यदि जलकुमारी होती और धीरे-धीरे पानी में से निकलकर सांप के माथे की मणि घाट पर रख जाती और प्रताप अपने उस तुच्छ काम को छोड़कर उस मणि को लेकर पानी में डुबकी लगाता और पाताल में जाकर देखता

कि चांदी के महल में, सोने के पलंग पर यह कौन बैठी है! और आश्चर्य से मुंह बनाकर कहता, 'अरे, यह तो अपने वाणीकण्ठ के घर की वही गूंगी लड़की है, सू! मेरी सू! आज यह मणियों से जगमगाती हुई गम्भीर निस्तब्ध पातालपुरी की एकमात्र राजकन्या बनी बैठी है!' तो? तो क्या यह बात हो नहीं सकती! क्या यह बिलकुल ही असम्भव है? असल में कुछ भी असम्भव नहीं। किन्तु फिर भी, 'सू' प्रजा-शून्य पातालपुरी के राजवंश में जन्म न लेकर वाणीकण्ठ के घर जनमी है, और इसलिए वह आज गुसाइयों के घर के लड़के प्रताप को किसी भी तरह आश्चर्य से दंग नहीं कर सकती।

सुभा की उमर आए-दिन बढ़ती ही जा रही है। धीरे-धीरे वह अपने-आप को अनुभव कर रही है, मानो वह किसी एक पूर्णिमा तिथि में किसी समुद्र से ज्वार-रूप में आकर उसके हृदय-मन को किसी एक नवीन अनिर्वचनीय चेतना-शक्ति से भर-भर देती है। अब मानो वह अपने-आप को देख रही है, अपने बारे में कुछ सोच रही है, कुछ पूछ रही है, पर कुछ समझ नहीं पाती।

पूर्णिमा की गम्भीर रात्रि में सुभा ने एक दिन धीरे-से अपने कमरे की खिड़की खोलकर डरते-डरते मुंह निकालकर बाहर की ओर देखा। उसे ऐसा लगा जैसे पूर्णिमा-प्रकृति भी उसकी तरह सोते हुए जगत पर अकेली बैठी जाग रही है, और वह भी मानो यौवन के रहस्य से, पुलक से, आनन्द से, विषाद से असीम निर्जनता के बिलकुल अन्तिम सीमा तक, यहां तक कि उसे भी पार करके, चुपचाप स्तब्ध-स्थिर बैठी है, एक शब्द भी उसके मुंह से नहीं निकल रहा है। मानो इस स्थिर निस्तब्ध प्रकृति के एक किनारे पर उससे भी स्थिर और उससे भी निस्तब्ध एक भोली बालिका खड़ी हो।

इधर लड़की के ब्याह की दुश्चिन्ता में मां-बाप बहुत ही व्याकुल हो उठे हैं। और, गांव के लोग भी जहां-तहां निन्दा कर रहे हैं, यहां तक कि जाति से निकाल दिए जाने की भी अफ़वाह फैल रही है। वाणीकण्ठ की वैसे तो हालत अच्छी ही है, खाते-पीते सुखी हैं, और इसलिए उनके दुश्मनों की कमी नहीं।

स्त्री-पुरुषों में इस बात पर बहुत कुछ सलाह-मशविरा हुआ। कुछ दिनों के लिए वाणीकण्ठ गांव से बाहर परदेश चले गए।

अन्त में एक दिन वापस आकर स्त्री से बोले, "चलो कलकत्ता चले चलें।"

कलकत्ता जाने की तैयारियां होने लगीं। कुहरे से ढंके हुए प्रभात के समान सुभा का सम्पूर्ण हृदय आंसुओं की भाप से ऊपर तक भर गया। वह एक अज्ञात आशंका के मारे कुछ दिनों से मूक जन्तु की तरह लगातार अपने मां-बाप के साथ-साथ रहती; और अपनी बड़ी-बड़ी आंखों से उनके मुंह की ओर देख-देखकर मानो कुछ समझने की कोशिश किया करती; किन्तु वे कोई भी बात समझाकर उसे बताते ही नहीं।

इसी बीच में, एक दिन तीसरे पहर, तालाब के किनारे मछली पकड़ने की धुन में लगे हुए प्रताप ने हंसते-हंसते पूछा, "क्यों री, सू, मैंने सुना है कि तेरे लिए दूल्हा मिल गया है, तू ब्याह करने कलकत्ता जा रही है? देखना, कहीं हम लोगों को भूल न जाना!" इतना कहकर वह पानी की तरफ़ देखने लगा।

तीर से बिंधी हुई हरिणी जैसे अपने शिकारी की ओर करुण दृष्टि से देखती और आंखों-ही-आंखों से कहती रहती है, 'मैंने तुम्हारा क्या बिगाड़ा था', सुभा ने लगभग वैसे ही प्रताप की ओर देखा। उस दिन वह पेड़ के नीचे नहीं बैठी। वाणीकण्ठ तब बिस्तर से उठकर बैठे तमाकू पी रहे थे। सुभा उनके पैरों के पास बैठकर उनके मुंह की तरफ़ ताकती हुई रोने लगी। अन्त में लड़की को सान्त्वना देते हुए बाप के सूखे गालों पर आंसू की दो बूंदें ढलक पड़ीं।

कल कलकत्ता रवाना होने की बात है। सुभा ग्वालघर में अपनी मूक सहेलियों से विदा लेने गई। उन्हें अपने हाथ से खिलाकर, गले में बांह डालकर, वह अपनी दोनों आंखों से ख़ूब जी भरकर उनसे बात करने लगी। उसकी आंखों से टप्-टप् आंसू गिरने लगे।

उस दिन शुक्ला द्वादशी की रात थी। सुभा अपनी कोठरी में से निकलकर अपने उसी चिर-परिचित नदी-नट के कच्चे घाट के पास जाकर घास पर औंधी लेट गई। मानो वह सम्पूर्ण मानव-जाति की मूक धरती-माता से अपनी दोनों बांहों से लिपटकर कहना चाहती है, 'तू मुझे कहीं मत जाने दे, मां, मेरी तरह तू भी मुझे अपनी बांहों से पकड़े रख, कहीं मत जाने दे।'

कलकत्ता के एक किराये के मकान में एक दिन मां ने सुभा को पहना-उढ़ाकर ख़ूब अच्छी तरह सजा दिया। कसके उसके बाल बांध दिए, जूड़े में जरी का फीता लपेट दिया, गहनों से लादकर उसके स्वाभाविक सौन्दर्य को भरसक मिटा दिया। सुभा की दोनों आंखों से आंसू बह रहे थे। आंखें कहीं सूज न जाएं, इस ख़याल से मां ने उसे बहुत समझाया-बुझाया और आख़िर में फटकारा भी, पर आंसुओं ने फटकार की कुछ भी परवाह नहीं की। उस दिन कई मित्रों के साथ वर स्वयं कन्या देखने आया। लड़की के मां-बाप चिन्तित, शंकित हो घबरा-से उठे। मानो देवता स्वयं अपनी बलि के पशु को पसन्द करने आए हों। भीतर से लड़की को काफ़ी डांट-डपटकर उसकी आंसुओं की धारा को और भी तेज़ करके, परीक्षकों के सामने भेज दिया गया।

परीक्षकों ने बहुत देर तक देखभाल करने के बाद कहा, "ठीक है, बुरी नहीं है।"

ख़ासकर बालिका का रोना देखकर वे समझ गए कि इसके हृदय है और उसमें दर्द है; और फिर हिसाब लगाकर देखा कि जो हृदय आज मां-बाप के बिछोह की बात सोचकर इस तरह व्यथित हो रहा है, आख़िर कल वह उन्हीं के काम आएगा। सीप के मोती की तरह बालिका के आंसुओं की बूंदें स्वयं उसकी क़ीमत बढ़ाने लगीं, उसकी तरफ़ से और किसी को कुछ कहना ही नहीं पड़ा।

जन्मपत्रियां मिलाकर शुभ लग्न में सुभा का ब्याह हो गया।

अपनी गूंगी लड़की को ग़ैरों के हाथ सौंपकर मां-बाप अपने गांव लौट आए। और तब कहीं उनकी जाति और परलोक की रक्षा हुई।

सुभा का दूल्हा पछांह की तरफ़ नौकरी करता है। ब्याह के बाद जल्द ही वह स्त्री को लेकर अपनी नौकरी पर चला गया।

एक हफ्ते के अन्दर ससुराल के सब कोई समझ गए कि दुलहिन गूंगी है। किन्तु इतना किसी ने न समझा कि इसमें उसका अपना कोई दोष नहीं, उसने खुद किसी को धोखा नहीं दिया। उसकी आंखों ने सब बात स्पष्ट कह दी थी, किन्तु कोई उसे समझ नहीं सका। अब वह चारों तरफ़ देखती रहती है, उसे अपने मन की बात कहने की भाषा नहीं मिलती। जो उस गूंगी की भाषा समझते

थे, उसके जन्म से परिचित वे चेहरे यहां उसे दिखाई नहीं दे रहे। बालिका के चिर मौन हृदय के भीतर मानो एक असीम अव्यक्त क्रन्दन ध्वनित होने लगा, और अन्तर्यामी के सिवा और कोई उसे सुन ही न सका।

अब की बार उसके पति स्वयं अपनी आंखों और कानों से ख़ूब अच्छी तरह देख-सुनकर एक बोलनेवाली लड़की को ब्याह लाए।

(मूल रचना : माघ, 1949)

छुट्टी

गांव के सब लड़कों के सरदार फटिकचन्द्र चक्रवर्ती के दिमाग़ में अचानक एक नया खेल सूझा। नदी के किनारे बड़ा भारी एक साखू का लट्ठा मस्तूल के रूप में रूपान्तरित होने की प्रतीक्षा में पड़ा था, तय हुआ कि उसे सब मिलकर लुढ़काकर नदी में बहा दें।

जिस आदमी का लट्ठा है, ठीक ज़रूरत के वक़्त उसे कितना अचम्भा होगा, कितना गुस्सा आएगा और कितनी परेशानी होगी, इस बात का मन-ही-मन अन्दाज़ा लगाकर लड़कों ने इस प्रस्ताव का पूरी तरह से अनुमोदन किया।

कमर बांधकर सब कोई जब बड़ी दिलचस्पी के साथ इस काम में जुटने को तैयार हो गए तब फटिक का छोटा भाई माखनलाल बड़ी गम्भीरता से उस लट्ठे पर जमकर बैठ गया। उसकी खेल-सम्बन्धी इस उदार उदासीनता को देखकर और सब लड़के मुरझा-से गए।

एक ने पास जाकर डरते-डरते उसे धक्का भी दिया, पर उससे वह रंचमात्र भी विचलित नहीं हुआ। आश्चर्य है, चारों तरफ़ इतना प्रलोभन होने पर भी, वह अकालपक्व मानवपुत्र ज्यों का त्यों चुपचाप बैठा हुआ दुनिया के सब तरह के खेल-कूदों की असारता के विषय में गम्भीर विचार करता रहा, कोई भी उसे विचलित न कर सका।

अन्त में फटिक ने आकर बड़े रोब के साथ उछलकर उससे कहा, "देख, मार खाएगा! नहीं तो उठ अभी!"

इस पर उसने और भी ज़रा हिल-डुलकर अपने आसन को ख़ूब मज़बूत बना लिया।

ऐसी दशा में, सर्वसाधारण के सामने अपने राजकीय सम्मान की रक्षा के लिए फटिक का कर्तव्य था कि वह कहना न माननेवाले छोटे भाई की कनपटी पर फौरन ही कसके एक तमाचा जड़ देता, लेकिन हिम्मत न पड़ी। फिर उसने

ऐसा भाव धारण किया कि मानो वह चाहे तो अभी उसे अच्छी तरह दुरुस्त कर सकता है, पर करता नहीं; क्योंकि पहले से अब की उसके दिमाग़ में और भी एक अच्छा खेल सूझा है, और उसमें इससे भी ज़्यादा मज़ा आएगा। उसने प्रस्ताव किया कि माखन समेत उस लट्ठे को लुढ़का दिया जाए।

माखन ने सोचा कि इससे उसी का गौरव है; परन्तु यह बात उसके या और किसी के भी दिमाग़ में नहीं आई कि इसमें और-और पार्थिव गौरवों की तरह आनुसंगिक विपत्ति की भी सम्भावना है।

लड़कों ने कमर बांधकर लट्ठा लुढ़काना शुरू किया, 'मारो ठेला हेइओ, और भी थोड़ा हेइओ, शाबाश जवान हेइओ!' लट्ठा एक चक्कर घूम भी न पाया कि इतने में माखन अपने गाम्भीर्य, गौरव और तत्त्वज्ञान समेत चारों खाने चित्त ज़मीन पर जा गिरा।

खेल के प्रारम्भ में ही ऐसा आशातीत फल पाकर और-और लड़के बड़े खुश हो उठे; मगर फटिक ज़रा कुछ घबरा-सा गया। माखन उसी दम बड़ी फुर्ती से उठकर फटिक पर टूट पड़ा, और बिलकुल अन्धे की तरह दोनों हाथों से मारने-नोचने चिपट गया। उसने फटिक की नाक पर, गाल पर, जहां पाया नोच खाया, और फिर रोते-रोते घर की तरफ़ चल दिया। बस, खेल ख़तम हुआ।

फटिक थोड़ी-सी कास उखाड़कर उसे हाथ में लिए हुए एक अध-डूबी नाव की नोंक पर जा बैठा, और चुपचाप बैठा-बैठा कास की जड़ चबाने लगा।

इतने में दूसरे गांव की एक नाव आकर घाट पर लगी। उस पर से एक अधेड़ आदमी, जिसकी मूंछें काली और बाल सफ़ेद थे, उतरा। उसने लड़के से पूछा, "चक्रवर्तियों का घर किधर है, लड़के?"

लड़के ने कास चबाते हुए कहा, "वो रहा!" पर, उसने किधर इशारा किया, कुछ समझ में नहीं आया।

उसने फिर पूछा, "कहां?" जवाब मिला, "मैं नहीं जानता।" कहकर पहले की तरह फिर वह हाथ की कास से रस ग्रहण करने लगा; और पथिक बेचारा और किसी की मदद से अभीष्ट स्थान की तलाश करने चल दिया।

कुछ देर बाद बाघा नौकर ने आकर फटिक से कहा, "फटिक भइया, मांजी

बुला रही हैं।"

फटिक ने कहा, "नहीं जाता, जा।"

पर बाघा पूरा बाघा ही निकला। उसने ज़बानी जमा-ख़र्च न करके तुरत उसे गोद में लटकाया और चल दिया। फटिक मारे गुस्से के हाथ-पैर पटकता रहा, पर व्यर्थ।

फटिक को देखते ही उसकी मां ख़ूब गुस्सा हुई; और बोली, "फिर तैने माखन को मारा!"

फटिक ने कहा, "नहीं, मैंने नहीं मारा।"

"फिर झूठ बोला?"

"हरगिज़ नहीं मारा। माखन से पूछो न!"

माखन से पूछा गया तो उसने अपनी पहले की शिकायत का समर्थन करते हुए कहा, "हां, मारा है।"

अब फटिक से न रहा गया। तेज़ी से लपककर उसने माखन के गाल पर कसकर एक तमाचा जड़ दिया, और बोला, "फिर झूठ!"

मां ने माखन का पक्ष लेकर फटिक को ज़ोर से झकझोर डाला और ऊपर से कसकर दो-तीन थप्पड़ जड़ दिए। फटिक ने मां को ढकेल दिया।

मां ने चिल्लाकर कहा, "ऐं, तू मां पर हाथ उठाएगा!"

इतने में वह आदमी भी आ पहुंचा, जिसने नाव से उतरकर फटिक से चक्रवर्तियों के मकान का पता पूछा था। घर में घुसते ही उसने कहा, "यह क्या हो रहा है तुम लोगों में!"

फटिक की मां ने आश्चर्य और आनन्द में आकर कहा, "अरे, ये तो भइया आ गए! तुम कब आए, भइया?" और भाई को प्रणाम किया।

बहुत दिन हुए, फटिक की मां के भइया पछांह की तरफ़ नौकरी पर गए थे। इस बीच में फटिक की मां के दो लड़के हुए और वे बड़े भी हो गए। आख़िरी लड़का होने के कुछ दिन बाद ही उसके पति का देहान्त हो गया। पर तब से एक बार भी उसके भइया अपनी विधवा बहन से मिलने नहीं आए।

आज बहुत दिन बाद छुट्टी पाकर विश्वम्भर बाबू अपनी बहन से मिलने आए हैं।

कुछ दिन ख़ूब हंसी-खुशी में कटे। अन्त में, विदा होने के दो-एक दिन पहले, विश्वम्भर बाबू ने जब बहन से लड़कों की पढ़ाई-लिखाई और दिमाग़ी तरक्की के बारे में पूछताछ की, तो मालूम हुआ कि फटिक बड़ा ढीठ, बड़ा उजड्ड हो गया है; पढ़ने में उसका ज़रा भी मन नहीं लगता, और माखन शान्त है, सुशील है, पढ़ने-लिखने में भी तेज़ है।

बहन ने कहा, "फटिक के मारे मेरे तो नाक में दम आ गया है।"

सुनकर विश्वम्भर बाबू ने कहा कि फटिक को वे कलकत्ता ले जाकर वहीं अपने पास रखकर पढ़ाएंगे। विधवा इस प्रस्ताव पर सहज ही में राज़ी हो गई। और फटिक से पूछने लगी, "क्यों रे फटिक, मामा के साथ कलकत्ता जाएगा?"

फटिक ने उछलकर जवाब दिया, "हां, जाऊंगा।"

यद्यपि फटिक को भेजने में उसकी मां को कोई आपत्ति न थी, क्योंकि उसको हमेशा यह आशंका बनी रहती थी कि किसी-न-किसी दिन वह माखन को नदी में ढकेल देगा, या सिर ही फोड़ देगा, या और ही कोई कौतुक कर बैठेगा, उसका कोई ठीक थोड़े ही है; मगर फिर भी कलकत्ता जाने के लिए उसका ऐसा आग्रह देखकर वह ज़रा कुछ उदास हो गई। और फटिक का यह हाल कि 'कब जाओगे, मामा' पूछते-पूछते मामा के नाको-दम कर दिया। मारे ख़ुशी के उसे रात को नींद तक न आती।

कलकत्ता में, ननसाल पहुंचने पर सबसे पहले उसकी मामी से बातचीत हुई। मामी अपने परिवार में अनावश्यक संख्या-वृद्धि से मन-ही-मन ख़ूब खुश हुई या नहीं, सो हम नहीं कह सकते। वह अपने तीन लड़कों को लेकर अपने नियम के अनुसार गृहस्थी चला रही थी; उसके बीच में सहसा एक तेरह साल के अपरिचित अशिक्षित गांव के लड़के को छोड़ देने के मानी हैं, घर में एक क्रान्ति पैदा कर देना। विश्वम्भर की इतनी उमर हो चुकी, पर ज़रा भी अगर शऊर हो!

सच पूछा जाए तो तेरह-चौदह वर्ष के लड़के के बराबर संसार में दूसरी कोई बला ही नहीं। न तो उसकी कुछ शोभा है और न वह किसी काम में ही आता है। न तो उसके प्रति स्नेह ही उमड़ता है और न उसके संग-सुख की कोई ख़ास चाह ही होती है। उसके मुंह से आधी-आधी तोतली बोली निकले तो वह इतराने में शामिल है, और साफ़-साफ़ पक्की बात कहता है तो वह बुजुर्गी-सी जान पड़ती है; मतलब यह है कि उसका बोलना ही प्रगल्भता है। यहां तक कि कपड़े-लत्तों के माप का कुछ ख़याल न करके अचानक भद्दे तौर से उसका बढ़ते जाना भी लोगों की निगाह में एक बेहूदा हिमाक़त-सी मालूम होती है। उसके बचपन का लालित्य और कंठ का माधुर्य जो सहसा चला जाता है, उसके लिए लोग उसी को मन-ही-मन अपराधी समझते हैं। बचपन और जवानी के बहुत-से दोष माफ़ किए जा सकते हैं, पर इस उमर की कोई स्वाभाविक अनिवार्य त्रुटि भी असह्य मालूम होती है।

और वह ख़ुद भी सर्वदा मन-ही-मन इस बात को महसूस करता रहता है कि दुनिया में कहीं भी वह ठीक-ठीक जंचता नहीं, इसलिए अपने अस्तित्व पर हमेशा वह लज्जित और क्षमाप्रार्थी-सा बना रहता है। परन्तु मुश्किल तो यह है कि ठीक इसी उमर में ऐसे लड़कों के मन में स्नेह पाने के लिए सीमा से कुछ ज़्यादा व्याकुलता पैदा हो जाती है। इस समय अगर वह किसी सहृदय व्यक्ति से स्नेह-प्यार या मित्रता-सी कोई चीज़ पा जाए, तो उसका वह ख़रीदा हुआ गुलाम-सा बन जाए। लेकिन अफ़सोस कि उससे स्नेह करने में किसी की हिम्मत ही नहीं पड़ती, क्योंकि फिर उसे सब कोई 'सिर चढ़ाना' समझने लगते हैं। यही वजह है कि इस उमर में ऐसे बच्चों का चेहरा और मन का भाव लगभग बिना मालिक के राह के कुत्ते जैसा हो जाता है।

इसलिए, ऐसी दशा में, मां के घर के सिवा दूसरी कोई जगह ऐसे बच्चों के लिए नरक से कम दुखदायक नहीं होती। चारों तरफ़ की स्नेहशून्य विरागता क़दम-क़दम पर उसको कांटे की तरह चुभती रहती है। इस उमर में साधारणतः नारी-जाति किसी एक श्रेष्ठ स्वर्गलोक की दुर्लभ वस्तु-सी मालूम होती है, और इसीलिए किसी नारी की तरफ़ से अनादर होना उसके लिए बहुत ही वेदनादायक होता है।

फटिक अपनी मामी की स्नेहहीन आंखों में अशुभ ग्रह की तरह खटकने लगा; और उसे यह बात सबसे ज़्यादा अखरने लगी। उसकी मामी अगर उससे कभी किसी काम के लिए कहती, तो वह मारे ख़ुशी के फूला नहीं समाता; और उस ख़ुशी में वह ज़रूरत से ज़्यादा काम कर डालता। लेकिन मामी ही जब उसके उत्साह का दमन करके कहने लगती कि 'बस, अब बहुत हो गया, बहुत हो गया। रहने दो! अब तुम जाकर अपने काम में मन लगाओ; जाओ, ज़रा पढ़ो-लिखो।' तो उसे अपनी मानसिक उन्नति के प्रति मामी का इतना ज़्यादा ध्यान देना अत्यन्त निष्ठुर अन्याय-सा मालूम होता।

घर के भीतर ऐसा अनादर, और बाहर भी ऐसी कोई जगह नसीब नहीं जहां जाकर ज़रा दो घड़ी मन बहला ले या भरपेट ऊधम मचा ले। घर की चहारदीवारी के अन्दर क़ैद रहते-रहते उसे अपने उस गांव की ही याद आने लगी जिससे उकताकर वह बड़े शौक़ से शहर चला आया था। वहां का वह खुला हुआ मैदान जहां दिन-भर पतंग उड़ा करती थी, नदी का वह किनारा जहां बांस की बांसुरी की तान छिड़ा करती थी और जब मन में आया तब पानी में कूदकर तैरने की छूट-पट्टी थी, वे सब साथ के खिलाड़ी लड़के, वह ऊधम, वह आज़ादी और सबसे बढ़कर वह रात-दिन बकझक करनेवाली और मारने-पीटनेवाली मां दिन-रात उसके बेबस मन को अपनी ओर खींचने लगी।

बेचारे उस लज्जित शंकित दुबले-पतले लम्बे असुन्दर बालक के अन्तःकरण में बार-बार जानवरों जैसा एक तरह का नासमझ प्रेम, सिर्फ़ पास जाने की अन्ध इच्छा, सिर्फ़ एक बिन देखी चीज़ के लिए अव्यक्त आकुलता, गोधूलि के समय मातृहीन बछड़े की तरह का केवल एक आन्तरिक 'मां, मां' क्रन्दन उमड़ने लगा।

स्कूल-भर में उससे बढ़कर मूर्ख और पढ़ने से जी चुरानेवाला दूसरा कोई लड़का ही न था। कोई बात पूछने पर वह ऊपर को मुंह-बाए खड़ा रहता। मास्टर साहब जब मारना शुरू करते तो वह बोझ से लदे गधे की तरह चुपचाप सब सह लेता। लड़कों की जब खेल की छुट्टी होती तब वह जंगल के पास खड़ा-खड़ा दूर के मकानों की छत देखा करता। जब उस दोपहर की धाम में किसी छत पर एक-दो लड़की-लड़के खेल के बहाने क्षण-भर के लिए दिखाई देते तब उसका चित्त अधीर हो उठता।

एक दिन उसने मन-ही-मन दृढ़ निश्चय करके और ख़ूब हिम्मत बांधकर अपने मामा से पूछा, "मामा, मैं मां के पास कब जाऊंगा?"

मामा ने कहा, "स्कूल की छुट्टी होने दो।"

कुआर में दशहरे की छुट्टी होगी। उसे तो अभी बहुत दिन हैं!

एक दिन की बात है कि फटिक से स्कूल की किताबें खो गईं। एक तो वैसे ही पाठ याद नहीं होता, उस पर खो गई किताबें? बेचारा बिलकुल ही लाचार हो गया। मास्टर ने उसे रोज़मर्रा मारना-पीटना और बेइज़्ज़त करना शुरू कर दिया। स्कूल में उसकी ऐसी दशा हो गई कि उसके ममेरे भाई भी उसके साथ सम्बन्ध स्वीकार करने में शर्मिन्दा होने लगे। फटिक को अपमानित होते देखते तो वे और-और लड़कों से कहीं ज़्यादा ख़ुशी ज़ाहिर करते।

जब बहुत ही असह्य हो उठा तब फटिक अपनी मामी के पास जाकर बड़े भारी अपराधी की तरह खड़ा होकर बोला, "मेरी किताबें खो गई हैं।"

मामी ने अपने ओठों के दोनों किनारों पर क्रोध की रेखा अंकित करते हुए कहा, "अच्छा किया! मैं तुम्हारे लिए महीने में पांच-पांच बार किताबें नहीं ख़रीदवा सकती।"

फटिक चुपचाप लौट आया। इस बात का ख़याल करके कि वह पराया पैसा बरबाद कर रहा है, उसे अपनी मां पर बड़ा भारी गुमान हुआ और क्रोध भी आया। अपनी हीनता और दीनता की शरम से वह गड़-गड़ गया।

स्कूल से लौटने के बाद उसी दिन रात को फटिक के सिर में दर्द शुरू हुआ और भीतर से उसका जी घबराने लगा। वह समझ गया कि उसे बुख़ार चढ़ रहा है। साथ ही यह भी महसूस करने लगा कि अगर वह बीमार पड़ गया तो मामी के लिए फज़ूल की एक आफत और बन जाएगा। उसकी यह बीमारी उनके लिए कैसा जी-जलावा स्वरूप धारण करेगी, फटिक इस बात को भी अच्छी तरह समझ रहा था। और बीमारी की हालत में उस जैसा अकर्मण्य, बुद्धिहीन, भोंदू लड़का संसार में अपनी मां के सिवा और भी किसी के द्वारा सेवा पा सकता है, ऐसी उम्मीद करने में उसे शरम मालूम होने लगी।

दूसरे दिन सवेरे फटिक लापता हो गया। चारों तरफ़ पड़ोसियों के घर छान डाले गए, पर कहीं भी उसका पता न लगा।

उस दिन, आधी रात से ही, सावन-भादों की-सी मूसलाधार वर्षा हो रही थी, इसलिए उसको ढूंढ़ने में लोगों को फजूल में बहुत भीगना और हैरान होना पड़ा। अन्त में जब कहीं भी उसका पता न लगा तब विश्वम्भर बाबू ने थाने में ख़बर दे दी।

सारा दिन इसी तरह बीत गया। शाम के बाद एक गाड़ी विश्वम्भर बाबू के दरवाज़े से आकर लगी। उस समय भी वर्षा ज्यों की त्यों जारी थी, सड़क पर घुटनों पानी जम रहा था।

दो सिपाहियों ने मिलकर फटिक को गाड़ी से उतारा और विश्वम्भर बाबू के पास पहुंचाया। देखा कि सिर से लेकर पैर तक वह पानी से भीगा हुआ है, तमाम देह पर कीच थुपी हुई है, मुंह और आंखें लाल सुर्ख़ हो रही हैं, जाड़े से वह थर-थर कांप रहा है। विश्वम्भर बाबू उसे दोनों हाथों से उठाकर भीतर ले गए।

मामी उसे देखते ही बोल उठी, "क्यों फजूल में पराये लड़के को लेकर जान आफत में डाल रहे हो! भेज क्यों नहीं देते इसे गांव को?"

वास्तव में बात यह थी कि तमाम दिन मारे फ़िकर के उन्होंने कुछ खाया-पीया नहीं था, और अपने लड़कों पर भी नाहक़ गुस्सा होकर चिल्ल-पुकार कर रहे थे।

फटिक ने रोते हुए कहा, "मैं तो जा रहा था मां के पास। मुझे ये लोग झूठमूठ को पकड़ लाए हैं।"

फटिक को बड़े ज़ोर का बुख़ार चढ़ा। सारी रात वह बाय में ऊटपटांग बकता रहा। विश्वम्भर बाबू डाक्टर ले आए।

फटिक ने एक बार अपनी लाल-लाल आंखें खोलकर छत की ओर हतबुद्धि की तरह देखते हुए कहा, "मामाजी, मेरी छुट्टी हो गई क्या?"

विश्वम्भर बाबू रूमाल से आंसू पोंछते हुए और बुख़ार से जलते हुए बच्चे के कमज़ोर हाथ को बड़े स्नेह से अपनी गोद में रखकर उसके पास बैठे रहे।

फटिक फिर बड़बड़ाने लगा, "मां, मुझे मारो मत, मां! मैंने कुछ नहीं किया, मां!"

दूसरे दिन, ज़रा दिन चढ़ने पर, कुछ देर के लिए फटिक को होश आया, और न जाने किसको देखने की आशा से वह घर के चारों तरफ़ आंखें फाड़-फाड़कर देखने लगा। और अन्त में थककर, हताश होकर वह चुपचाप दीवार की तरफ़ मुंह करके करवट लेकर सो गया।

विश्वम्भर बाबू ने शायद उसके मन की बात ताड़ ली, उसके कान के पास मुंह ले जाकर उन्होंने धीरे-से कोमल स्वर में कहा, "फटिक बेटा, तेरी मां को बुलवाया है – अब आती ही होगी, अच्छा बेटा!"

उसके बाद दूसरा दिन भी गुज़र गया। डाक्टर ने चिन्तित और उदास चेहरा बनाकर कहा, "हालत तो बहुत ख़राब है।"

विश्वम्भर बाबू टिमटिमाती हुई बत्ती के उजाले में रोग-शय्या के पास बैठे हुए फटिक की मां के लिए प्रतिक्षण प्रतीक्षा करने लगे।

फटिक जहाज़ के खलासियों की तरह, उन्हीं की राग में, कहने लगा, "एक बांव मिला नहीं, दो बांव मि-ला-अ-आ-आ नहीं।" कलकत्ता आते समय कुछ दूर तक वह स्टीमर में आया था, स्टीमर के खलासी लोग पानी में लोहाशुदा रस्सी डालकर गाने के स्वर में पानी मापते थे। बाय में पड़ा-पड़ा फटिक उन्हीं लोगों के अनुकरण पर करुण स्वर से पानी मापने लगा। किन्तु जिस अपार समुद्र में उसकी जीवन-नैया गोता खा रही थी, उसमें रस्सी डालकर बेचारे को कहीं भी उसकी थाह नहीं मिल रही थी।

इसी समय आंधी की तरह फटिक की मां घर के अन्दर आ पहुंची; और ऊंचे स्वर में रो-रोकर शोक करने लगी। विश्वम्भर ने बड़ी मुश्किल से बहन के शोकोच्छ्वास को रोका, बेचारी अपने प्यारे लाल की खाट पर पछाड़ खाकर गिर पड़ी और रो-रोकर पुकारने लगी, "बेटा रे, अरे मेरा फटिक रे, मेरा सुआ रे!"

फटिक ने मानो बड़ी आसानी से इस पुकार का जवाब देते हुए कहा, "ऐं!"

मां ने फिर पुकारा, "अरे मेरा बेटा रे, फटिक रे! अरे, मैं आ गई रे, आ गई!"

फटिक ने धीरे-धीरे करवट लेकर किसी की ओर लक्ष्य न करके बहुत धीमे और विकृत स्वर में कहा, "मां, अब मेरी छुट्टी हो गई, मां, अब मैं घर जाता हूं, मां!"

(मूल रचना : अगहन, 1949)

निशीथ में

"डाक्टर! डाक्टर!"

नाक में दम कर दिया। यह भी कोई वक़्त है – आधी रात को!

आंखें खोलीं तो देखा कि अपने जमींदार साहब पधारे हैं, दक्षिणाचरण बाबू। भड़भड़ाकर उठ बैठा। टूटी पुश्त की पुश्तैनी कुरसी खींचकर उन्हें बैठने के लिए कहा, और घबराहट के साथ उनके चेहरे की तरफ़ देखने लगा।

घड़ी की तरफ़ देखता हूं, तो ढाई बज रहे हैं!

चेहरा उनका सफ़ेद फक पड़ गया है, आंखें बाहर निकली आ रही हैं। वे घबराहट के साथ कहने लगे, "आज रात को फिर वही उपद्रव शुरू हो गया, डाक्टर, तुम्हारी दवा कुछ भी काम नहीं करती।"

मैंने ज़रा संकोच के साथ कहा, "शायद आपने शराब की मात्रा फिर बढ़ा दी है?"

दक्षिणाचरण बाबू बहुत नाराज़ हुए। बोले, "यह तुम्हारा कोरा भ्रम है। शराब नहीं, शुरू से आख़िर तक पूरा क़िस्सा सुने बग़ैर तुम असली वजह समझ ही नहीं सकते।"

ताक में टीन की छोटी-सी किरासिन तेल की बत्ती टिमटिमा रही थी, मैंने उसकी बत्ती ज़रा उकसा दी। बत्ती कुछ जाग उठी और ख़ूब धुआं उगलने लगी। बदन पर धोती का पल्ला डालकर मैं एक अख़बार-बिछे चीड़ के बक्स पर बैठ गया। दक्षिणाचरण बाबू कहने लगे :

"मेरी पहली स्त्री के समान घर सम्हालनेवाली गृहिणी मिलना बहुत ही कठिन है। मगर, मेरी उमर तब ज़्यादा नहीं थी, और उस उमर में, तुम जानते हो, तबीयत में रस-रंग कुछ ज़्यादा होता ही है। उस पर फिर मैंने काव्य-शास्त्र का भी काफ़ी

अध्ययन किया था। इसलिए सिर्फ़ घर सम्हालनेवाली गृहिणी से मेरा मन नहीं भरता था। अकसर मुझे कालिदास का वह श्लोक याद आया करता, 'गृहिणी सचिवः सखी मिथः प्रियशिष्या ललिते कलाविधौ।' किन्तु मेरी गृहिणी पर उस ललित कलाविधि का कोई भी उपदेश काम न करता था; और जब कभी मैं सखी-भाव से उससे प्रणय-सम्भाषण करता तो वह उसे हंसी में उड़ा देती। गंगा के स्रोत में जैसे इन्द्र का ऐरावत परेशान हुआ था, ठीक वैसे ही, उसकी हंसी के सामने बड़े-बड़े काव्य के टुकड़े और प्रेम के अच्छे-अच्छे सम्भाषण क्षण में अपने स्थान से गिरकर चूर-चूर हो जाया करते। सचमुच उसकी हंसी में ऐसी ही एक अद्भुत शक्ति थी!

"उसके बाद, आज चार वर्ष हुए, मुझे एक ख़तरनाक बीमारी ने बुरी तरह घेर लिया। पहले तो ओठ पर ज़हरीला फोड़ा हुआ, फिर सन्निपात। मरने तक की नौबत आ गई थी, बचने की कोई आशा ही नहीं थी। एक दिन तो ऐसा हुआ कि डाक्टर भी जवाब दे गए। इतने में मेरे एक रिश्तेदार कहीं से किसी ब्रह्मचारी को पकड़ लाए। उसने गाय के घी के साथ मुझे कोई जड़ी खिला दी। चाहे जड़ी से समझो या तक़दीर से, मैं उस बार बाल-बाल बच गया।

"उस बीमारी में मेरी स्त्री दिन-रात जी-जान से सेवा करती रही, क्षण-भर के लिए भी कभी उसने विश्राम नहीं किया। बीमारी के वक़्त कई दिनों तक एक अबला स्त्री मनुष्य की मामूली शक्ति लेकर, अपनी जान पर खेलकर, ज़बरदस्त आग्रह और व्याकुलता के साथ द्वार पर आए हुए जमदूतों से लगातार लड़ती रही। उसके सम्पूर्ण प्रेम ने, सम्पूर्ण हृदय ने अथक परिश्रम और बड़ी-बड़ी कोशिशों से मेरे इस अयोग्य प्राण को मानो मां की छाती से चिपटे हुए दुधमुंहे बच्चे की तरह छिपाकर बचा लिया। खाना नहीं, पीना नहीं, सोना नहीं, मेरे सिवा संसार की और किसी भी चीज़ की तरफ़ उसका ध्यान ही न था।

"अन्त में जमदूतों को, हारे हुए शेरों की तरह, मुझे मैदान में छोड़कर चला जाना पड़ा, किन्तु जाते वक़्त वे मेरी स्त्री पर ज़ोर का एक पंजा जमा गए।

"मेरी स्त्री उन दिनों गर्भवती थी। थोड़े दिनों बाद उसके एक मरी हुई सन्तान हुई। उसके बाद से ही उसे एक साथ कई जटिल बीमारियों ने घेर लिया। तब फिर मैंने उसकी सेवा करना शुरू कर दिया। इससे वह बहुत ही चंचल और

परेशान हो उठी। कहने लगी, 'अरे, यह क्या कर रहे हो तुम, लोग क्या कहेंगे? इस तरह दिन-रात तुम मेरे कमरे में मत आया-जाया करो।'

"रात को अगर कहीं, इस ढंग से कि अपने लिए ही हवा कर रहा हूं, उसके माथे पर हवा करने लगता, तो चट्-से वह हाथ से पंखा छीन लेती। किसी दिन अगर उसके पास रहने के कारण मुझे खाने-पीने में दस-पांच मिनट की देर हो जाती, तो वह भी उसके लिए परेशानी का कारण बन जाती, और वह वक़्त पर खाने-पीने के लिए निहोरे करने लगती। ज़रा-सी सेवा की नहीं कि चट्-से नाराज़ हो जाती। वह कहा करती थी, 'मरदों को इतनी 'अति' भी नहीं करनी चाहिए।'

"हमारा वह बराहनगरवाला मकान शायद तुमने देखा होगा। मकान के सामने ही बग़ीचा है, और बग़ीचे के सामने गंगा बह रही है। हमारे ख़ास कमरे के नीचे ही दक्षिण की तरफ़ थोड़ी-सी ख़ाली ज़मीन है, उसे मेरी स्त्री ने अपनी पसन्द के माफ़िक़, अपने हाथ से, मेंहदी के पौधों से घेरकर मज़े का एक छोटा-सा बग़ीचा बना लिया था। बग़ीचे-भर में वही एक जगह थी जो बिलकुल सीधी-सादी और निहायत देशी ढंग की थी। अर्थात उसमें सुगन्ध की अपेक्षा सुवर्णों की शोभा और पुष्पों की अपेक्षा पत्तों की विचित्रता ज़्यादा नहीं थी, और न गमलों में बिलकुल मामूली पौधे के बग़ल में खपाची के सहारे काग़ज़ की बनी 'लैटिन' नाम की जयपताका ही फहराती थी। वहां तो बेला, जूही, गुलाब, गन्धराज, करवीर और रजनीगन्धा का ठाठ ही ज़्यादा था। एक ख़ूब बड़ा मौलसिरी का पेड़ था, जिसके नीचे संगमरमर का बड़ा सुहावना चबूतरा बना हुआ था। तन्दुरुस्ती की हालत में वह खुद खड़ी रहकर सुबह-शाम उसे अच्छी तरह धुलवाकर साफ़ करा लिया करती थी। गर्मियों में शाम के वक़्त काम-काज से छुट्टी मिलने पर वही उसके बैठने की ख़ास जगह थी। वहां से गंगा दिखाई देती थी, पर गंगा में नावों पर हवाखोरी करनेवाले बाबू लोग उसे नहीं देख सकते थे।

"खाट पर पड़े-पड़े उसे बहुत दिन हो गए थे। एक दिन चैत की चांदनी रात को उसने कहा, 'घर के भीतर बन्द पड़े-पड़े मेरा जी घबरा उठा है, आज मुझे एक बार बग़ीचे में ले चलो, वहां ज़रा बैठूंगी।'

"मैं उसे बड़ी सावधानी से पकड़कर धीरे-धीरे उस मौलसिरी के नीचे ले गया, और आहिस्ता से उस चबूतरे पर लिटा दिया। मैं अपनी जांघ पर ही

उसका सिर रख सकता था, किन्तु मैं जानता था कि यह बात उसे ज़रा कुछ अनोखी-सी मालूम होगी, इसलिए मैंने एक तकिया लाकर उसके सिर के नीचे रख दिया।

"ऊपर से दो-दो एक-एक मौलसिरी के खिले हुए हलके फूल झड़ रहे थे और पेड़ की डालियों की संधों में से पत्तों की छायाशुदा चांदनी आकर उसके मुरझाए हुए चेहरे पर पड़ रही थी। चारों तरफ़ प्रकृति बिलकुल शान्त, स्थिर और निस्तब्ध थी। मैं उस खुशबू से महकते हुए अन्धकार में उनके पास बैठा हुआ चुपचाप उसके चेहरे की तरफ़ देख रहा था। और न जाने क्यों, मेरी आंखें डबडबा आईं।

"मैंने धीरे-से और भी पास जाकर अपने दोनों हाथों से उसका एक गरम हाथ उठा लिया। इस पर उसने कोई ऐतराज नहीं किया। कुछ देर तक इसी तरह चुपचाप बैठा रहा। थोड़ी देर बाद मेरा हृदय, मन सहसा भीतर से उमड़-सा उठा, मेरे मुंह से अचानक निकल पड़ा, 'तुम्हारा प्रेम मैं कभी नहीं भूलूंगा।'

"मैं उसी वक़्त समझ गया कि यह बात कहने की कोई ज़रूरत नहीं थी। मेरी स्त्री मुस्कुराकर रह गई। उस मुस्कुराहट में गुदगुदी पैदा करनेवाली एक तरह की लज्जा थी, शर्म थी, सुख था, आनन्द था, और कुछ-कुछ अविश्वास की झलक भी। साथ ही, व्यंग की तेज़ धार भी हो तो ताज्जुब नहीं।

"मेरी बात के जवाब में मुंह से एक शब्द भी न कहकर सिर्फ़ मुस्कुराहट से उसने जता दिया कि 'कभी न भूलोगे, ऐसा तो कभी हो ही नहीं सकता, और मैं ऐसी उम्मीद भी नहीं करती।'

"उस मीठी, मुलायम और तेज़ पैनी मुस्कुराहट के डर से ही मैं कभी अपनी स्त्री के साथ जी खोलकर प्रेम-प्यार की बातें करने की हिम्मत न कर सका था। उसके पीठ-पीछे बहुत-सी प्यार की बातें मेरे मन में उठा करतीं, मगर उसके सामने पहुंचते ही वे बिलकुल फालतू-सी मालूम होने लगतीं। छापे के अक्षरों में जिन बातों के पढ़ने से दोनों आंखों से झरझर धारा बहने लगती है उन बातों को मुंह से कहने में क्यों हंसी आती है, इतनी उमर हो गई, इस रहस्य को आज तक मैं समझ नहीं पाया।

"मुंह से कोई कुछ कहे तो उस पर बहस की जा सकती है, पर मुस्कुराहट

पर तो कोई तर्क नहीं किया जा सकता। इसलिए उस वक़्त मुझे चुप ही रह जाना पड़ा। इतने में, उधर एक कोयल ने 'कुहू-कुहू' की लड़ी बांध दी। मैं चंचल हो उठा; बैठा-बैठा सोचने लगा, ऐसी चांदनी रात में पिक-वधू के कान क्या बहरे हो गए हैं?

"बहुत-बहुत इलाज कराए, पर उसका रोग किसी भी तरह गया ही नहीं। अन्त में डाक्टर ने कहा, 'एक बार कहीं हवा बदलने ले जाइए। देखिए, शायद कुछ फ़र्क़ पड़े।'

"मैं स्त्री को लेकर इलाहाबाद चला गया।"

कहते-कहते दक्षिणाचरण बाबू एकाएक रुक गए, और सन्देह की निगाह से मेरे मुंह की तरफ़ देखने लगे। उसके बाद दोनों हथेलियों पर माथा टेककर न जाने क्या सोचने लगे। मैं भी चुप बैठा रहा। आले में किरासिन का लैम्प टिमटिमा रहा था और निस्तब्ध कमरे में मच्छरों की भनभनाहट साफ़ सुनाई दे रही थी। सहसा मौन भंग करके उन्होंने फिर कहना शुरू किया :

"वहां डाक्टर हारानचन्द्र मेरी स्त्री का इलाज करने लगे।

"बहुत दिनों तक इलाज होता रहा, पर कोई फ़र्क़ नहीं मालूम हुआ। अन्त में, खुद हैरान होकर और हमें भी परेशान करके एक दिन डाक्टर ने भी कह दिया, और मैं भी समझ गया कि मेरी स्त्री की बीमारी अच्छी होने की नहीं, और साथ ही मेरी स्त्री भी समझ गई कि उसे ज़िन्दगी-भर इसी तरह रोगी ही बना रहना पड़ेगा।

"आख़िर एक दिन स्त्री ने मुझसे कह ही दिया, 'जब कि बीमारी अच्छी ही नहीं होने की, और जल्दी मरने की भी कोई आशा नहीं, तो फिर तुम कब तक इस 'अधमरी-अधजीयी' के साथ अपनी ज़िन्दगी बरबाद करते रहोगे? तुम दूसरा ब्याह कर लो।'

"उसने यह बात ऐसे सरल स्वभाव से कही कि मानो वह महज एक सुयुक्ति और विवेकपूर्ण अच्छी सलाह हो। उसमें कोई बड़ी भारी महत्ता या वीरता या असाधारण कोई बात हो, ऐसा भाव उसमें लेशमात्र को भी न था।

"अब मेरे मुस्कुराने की पारी थी; किन्तु मुझमें वैसी मुस्कुराने की शक्ति कहां? मैं उपन्यास के प्रधान नायक की तरह गम्भीरता के साथ ऊंचे स्वर में कह उठा, 'जब तक इस देह में प्राण हैं...'

"उसने मुझे बीच ही में टोककर कहा, 'बस-बस, रहने दो, और आगे न बढ़ो। तुम्हारी बातें सुनकर तो मेरा मरने को ही जी चाहता है।'

"मैंने तुरन्त पराजय स्वीकार न करके कहा, 'इस जीवन में मैं और किसी को भी प्यार नहीं कर सकता।'

"सुनकर मेरी स्त्री ज़ोर से हंस पड़ी; और तब मुझे रुक जाना पड़ा।

"मालूम नहीं, तब मैंने अपने-आप भी कभी साफ़ मंजूर किया है या नहीं, परन्तु, अब समझ रहा हूं कि फिर से उसके तन्दुरुस्त होने की कोई उम्मीद न होने से, सेवा या तीमारदारी करने में अपने अन्दर मैं थकान महसूस कर रहा था। अलबत्ता इस काम से जी चुराने की बात मेरे मन में कभी नहीं आई, पर साथ ही ज़िन्दगी-भर उस हमेशा बीमार के साथ रहने की कल्पना भी मेरे लिए कुछ कम दर्दनाक नहीं थी। हाय, हाय, जवानी की शुरुआत में जब मैं सामने देखता था तो मुझे प्रेम के मायाजाल में, सुख और आराम पाने की तसल्ली में, सौन्दर्य की मरीचिका में अपना सारा-का-सारा भावी जीवन खिले हुए ख़ुशबूदार फूल की तरह ख़ुश दिखाई देता था, किन्तु उस दिन से शुरू से लेकर आख़ीर तक अपनी ज़िन्दगी मुझे मात्र एक असीम और आशाहीन तृष्णा की मरुभूमि-सी मालूम होने लगी।

"मेरी सेवा में भीतर की उस थकान को शायद उसने देख लिया था। तब मैं नहीं जानता था, पर अब मुझे रत्ती-भर भी सन्देह नहीं कि उसने मुझे युक्ताक्षरहीन बच्चों की 'पहली पुस्तक' की तरह साफ़ पढ़ और समझ लिया था। इसीलिए, जब मैं उपन्यास के नायक की तरह अपने को तैयार करके उसके सामने कवित्व बघारने जाता, तो वह ऐसे गम्भीर स्नेह और साथ ही अनिवार्य कौतुक के साथ मुस्कुरा देती कि मुझसे कुछ जवाब देते न बनता था। ख़ुद मेरे अन्दर की बात, जिसे मैं भी नहीं जान पाता था, अन्तर्यामी की तरह वह सब समझ जाती थी। उन बातों का ख़याल आते ही, अब भी कभी-कभी, मारे शरम के मेरी आत्मघात करने की इच्छा होती है।

“डाक्टर हारान मेरी बिरादरी के थे। उनके घर अकसर मेरा न्योता हुआ करता था। कुछ दिन आने-जाने के बाद डाक्टर ने अपनी लड़की के साथ मेरी जान-पहचान करा दी। लड़की अविवाहित थी। उमर पन्द्रह के लगभग होगी। डाक्टर का कहना था कि वे अपनी पसन्द का कोई अच्छा लड़का न मिलने से अब तक उसका ब्याह नहीं कर सके हैं। मगर बाहरवालों से यह सुनने में आता कि लड़की के कुल में कुछ दोष है।

“इसके सिवा और कोई दोष नहीं था। जैसा सुरूप था, वैसी ही सुशिक्षा। देखने में बहुत सुन्दर, और बातचीत, रहन-सहन, संस्कृति, लगभग सभी बातों में तारीफ़ के क़ाबिल थी वह। यही वजह थी कि बीच-बीच में किसी-किसी दिन उसके साथ बातचीत और गपशप करते-करते घर लौटने में मुझे रात हो जाती, यहां तक कि कभी-कभी स्त्री को दवा पिलाने का वक़्त भी निकल जाया करता। उसे मालूम रहता कि मैं डाक्टर के घर गया हूं, पर देर होने का कारण उसने एक दिन भी मुझसे नहीं पूछा।

“अपनी ज़िन्दगी के रेगिस्तान में मैं फिर एक बार मरीचिका देखने लगा। तृष्णा जब छाती तक भर आई थी, आंखों के सामने तब किनारे तक भरा हुआ साफ़-सुथरा ठंडा पानी छलकने और लहराने लगा। और तब, मैं अपने मन को, जी-जान से वापस खींचने पर भी, रोक या फेर न सका।

“मरीज़ का कमरा मेरे लिए पहले से दूना निरानन्द और बेमज़ा हो गया। फिर तो अकसर रोज़ ही मरीज़ की सेवा करने, दवा पिलाने और पथ्यादि देने के सभी नियम भंग होने लगे।

“डाक्टर हारान अकसर मुझसे कहा करते थे कि ‘जिनकी बीमारी कभी अच्छी नहीं होने की, उन्हें तो मर जाने ही में आराम है। क्योंकि जीने में न तो उन्हें खुद ही कुछ आराम है और न घरवालों को। मामूली तौर पर यह बात कही जाती तो कोई ख़ास बात नहीं थी। पर, मेरी स्त्री की तरफ़ लक्ष्य करके उन्हें यह बात न कहनी चाहिए थी। पर, आदमी के मरने-जीने के विषय में डाक्टरों का मन इतना उदासीन और इतना जड़ होता है कि वे मरीज़ के घरवालों के मन की हालत ठीक-ठीक समझ ही नहीं सकते।

अचानक एक दिन बग़लवाले कमरे से मैंने सुना, मेरी स्त्री डाक्टर से कह

रही है, 'डाक्टर साहब, इतनी फालतू दवाएं पिला-पिलाकर दवाख़ाने का क़र्ज़ क्यों बढ़वा रहे हैं? मेरी जान ही जब एक बीमारी बन गई है, तो फिर ऐसी कोई दवा क्यों नहीं दे देते कि प्राण ही निकल जाएं और जंजाल दूर हो।'

''डाक्टर ने कहा, 'छिः, ऐसी बात नहीं करनी चाहिए।'

''बात सुनकर सहसा मेरी छाती में सदमा-सा बैठ गया, बड़ी चोट पहुंची। डाक्टर के चले जाने पर मैं उस कमरे में जाकर खाट की पाटी पर बैठ गया और स्त्री के माथे पर धीरे-धीरे हाथ फेरने लगा। उसने कहा, 'इस कमरे में तो बड़ी गरमी है, तुम बाहर चले जाओ। तुम्हारा घूमने जाने का वक़्त भी हो गया है। थोड़ी देर घूम-फिरकर आओगे तो रात को भूख भी लग आएगी, कुछ खा-पी भी लोगे।'

''घूमने जाने के मानी थे डाक्टर के घर जाना। मैंने ही उसे समझा दिया था कि भूख लगने के लिए थोड़ा-बहुत टहलना ज़रूरी है। अब मैं निश्चय से कह सकता हूं कि वह मेरी इस रोज़ की बहानेबाज़ी को ख़ूब समझती थी। मैं ही मूर्ख था जो समझता था कि वह भोली-भाली थी।''

इतना कहकर दक्षिणाचरण बाबू फिर बहुत देर तक हथेली पर माथा टेके चुप बैठे रहे। अन्त में बोले, ''एक गिलास पानी पिलाओ, प्यास लगी है।''

और पानी पीकर फिर कहने लगे :

''एक दिन डाक्टर की लड़की मनोरमा ने मेरी स्त्री को देख आने की इच्छा प्रकट की। मालूम नहीं क्या वजह थी, उसकी बात मुझे रुची नहीं। मगर नाहीं करने की कोई वजह नहीं थी। आख़िर एक दिन शाम को वह हमारे यहां चली ही आई।

''उस दिन, मेरी स्त्री को और दिनों से कुछ ज़्यादा तकलीफ़ थी। जिस दिन उसे ज़्यादा तकलीफ़ होती उस दिन वह बहुत ही शान्त रहती, सिर्फ़ बीच-बीच में उसकी मुट्ठी बंध जाती और चेहरा नीला पड़ जाता। इसी से उसकी तकलीफ़ का अन्दाज़ा लगता था। किसी तरह की आहट नहीं थी, मैं खाट की पाटी पर

शान्त बैठा था। उस दिन उसमें इतना भी दम न था कि मुझसे घूम आने के लिए आग्रह कर सके। और, हो सकता है कि ज़्यादा तकलीफ़ के वक़्त वह भीतर से चाहती हो कि मैं उसके पास बना रहूं। आंखों को चकाचौंध न लगे इस ख़याल से लालटेन दरवाज़े की आड़ में रख दी गई थी। कमरे में अंधेरा और सन्नाटा था। सिर्फ़ बीच-बीच में भीतर की पीड़ा और तकलीफ़ कुछ कम होने पर उसका गहरा दीर्घ निःश्वास सुनाई देता था।

"ठीक इसी समय, मनोरमा दरवाज़े के पास आकर खड़ी हो गई। बग़ल से लालटेन का थोड़ा-सा उजाला उसके चेहरे पर पड़ा। उस अंधेरे-उजाले में कुछ देर तक कमरे के भीतर का कुछ दिखाई न देने से वह वहीं खड़ी-खड़ी इधर-उधर करने लगी।

"मेरी स्त्री चौंक पड़ी; और मेरा हाथ थामकर पूछ उठी, 'वो कौन?' अपनी इस कमज़ोरी की हालत में सहसा अनजान आदमी को देखकर वह डर गई थी। अस्फुट स्वर में उसने दो-तीन बार पूछा, 'वो कौन? वो कौन?'

"मुझसे तब कैसी ज़बरदस्त बेवकूफी हुई कि मैं चट्-से कह बैठा, "मैं नहीं जानता।" बात मुंह से निकली ही थी कि मानो किसी ने चाबुक-सा मारा। और दूसरे ही क्षण मैंने कहा, "अरे, ये तो अपने डाक्टर साहब की लड़की मालूम होती है।"

स्त्री ने एक बार मेरे मुंह की ओर ग़ौर से देखा – मुझसे उसके चेहरे की तरफ़ नहीं देखा गया – और दूसरे ही क्षण उसने बहुत ही धीमे स्वर में अपने घर पर आए हुए अतिथि से कहा, 'आइए, आप भीतर आइए।' और मुझसे कहा, 'लालटेन उठा लो ज़रा।'

मनोरमा भीतर आकर बैठ गई। और उसके साथ मरीज़ की धीरे-धीरे बातचीत होने लगी। इतने में डाक्टर आ पहुंचे।

वे अपने दवाख़ाने से दो शीशी दवा ले आए थे। उन दोनों शीशियों को निकालकर मेरी स्त्री से बोले, 'इस नीली शीशी में मालिश की दवा है, और यह पीने की है। देखिए, कहीं दोनों में गड़बड़ मत कर लीजिएगा। इस दवा में ज़हर है!' मुझे भी उन्होंने सावधान कर दिया, और शीशियां बग़ल की टेबिल पर रख दीं। जाते वक़्त उन्होंने अपनी लड़की को बुलाया।

''मनोरमा ने कहा, 'बापूजी, मैं यहीं क्यों न रह जाऊं? यहां कोई है तो नहीं, इनकी सेवा-टहल कौन करेगा?'

''मेरी स्त्री अत्यन्त चंचल हो उठी, बोली, 'नहीं, नहीं, आप तकलीफ़ न कीजिए। पुरानी नौकरानी है, वह मुझे मां की तरह देखती-भालती है।'

''डाक्टर ने हंसते हुए कहा, 'बेटी, ये सती लक्ष्मी हैं, लक्ष्मी! हमेशा से दूसरों की सेवा करती आई हैं, अब दूसरों की सेवा इनसे ली नहीं जाती।'

''लड़की को लेकर डाक्टर जाना ही चाहते थे कि इतने में मेरी स्त्री ने कहा, 'डाक्टर साहब, बन्द कमरे में ये बहुत देर से बैठे हुए हैं, इन्हें ज़रा बाहर घुमाने ले जाइए न!'

''डाक्टर ने मुझसे कहा, 'आइए न, चलिए, आपको ज़रा नदी किनारे घुमा लाऊं।'

''मैं, पहले ज़रा एतराज़ करने के बाद, चलने को तैयार हो गया। कमरे से निकलते वक़्त डाक्टर ने उन दोनों शीशियों के बारे में मेरी स्त्री को फिर से एक बार सावधान कर दिया।

''उस दिन मैंने डाक्टर के घर ही खाया-पीया। लौटने में मुझे देर हो गई। घर आकर देखा कि मेरी स्त्री बुरी तरह तड़प रही है। अनुताप से लज्जित और जर्जरित होकर मैंने पूछा, 'तुम्हारी तकलीफ़ क्या आज बहुत ज़्यादा बढ़ गई क्या?'

''वह जवाब न दे सकी, चुपचाप मेरे मुंह की ओर देखने लगी। उसकी ज़बान बन्द हो चुकी थी।

''मैं उसी वक़्त, रात ही को, डाक्टर के घर जाकर उन्हें बुला लाया।

''पहले तो बहुत देर तक डाक्टर के कुछ समझ ही में न आया! अन्त में उन्होंने पूछा, 'वह दर्द क्या बहुत ज़्यादा बढ़ गया है? एक बार दवा की मालिश कर दी जाए तो ठीक रहे।' कहकर उन्होंने टेबिल पर से नीली शीशी उठाई – देखा तो, शीशी खाली!

''मेरी स्त्री से उन्होंने कहा, 'आपने क्या ग़लती से यह दवा पी ली है?'

''उसने सिर्फ़ सिर हिलाकर जता दिया, 'हां।'

“डाक्टर उसी वक़्त गाड़ी पर सवार होकर अपने घर पम्प लाने दौड़े।

“मुझे कुछ बेहोशी-सी आने लगी, और दूसरे ही क्षण मैं स्त्री के बिस्तर पर लुढ़क पड़ा।

“तब, मां अपने बीमार बच्चे को जिस तरह सान्त्वना देती है ठीक उसी तरह, उसने मेरा सिर अपनी छाती से लगाकर दोनों हाथों के स्नेह-स्पर्श से अपने मन की बात समझाने की कोशिश की। मुझे ऐसा लगा मानो वह सिर्फ़ अपने करुण स्पर्शमात्र से मुझसे बार-बार यही कह रही हो कि ‘शोक मत करो, अच्छा ही हुआ, तुम सुखी होओगे, यही सोचकर मैं सुख से मर रही हूं।’

“डाक्टर जब तक पम्प लेकर वापस आए, तब तक तो वहां मरीज़ की ज़िन्दगी के साथ-साथ उसकी सारी बीमारी और तकलीफ़ें हमेशा के लिए दूर हो चुकी थीं।”

दक्षिणाचरण ने फिर एक बार पानी पीकर कहा, “उफ़्, बड़ी गरमी है।” इतना कहकर वे जल्दी से बाहर के बरांडे में जाकर थोड़ा टहल आए, और फिर भीतर आकर बैठ गए। साफ़ समझ पड़ता था कि वे ख़ुद कुछ भी कहना नहीं चाहते, मानो मैं ही उनके सर पर जादू की लकड़ी फेरकर उनसे सब बातें कहलवाए ले रहा हूं। उन्होंने फिर कहना शुरू किया :

“मनोरमा के साथ ब्याह करके मैं वहां से अपने घर कलकत्ता चला आया।

“मनोरमा ने अपने पिता की सम्मति से मेरे साथ ब्याह किया था। मगर मैं जब उससे प्यार करता, प्रेम की बातें करके उसके हृदय पर अधिकार करने की कोशिश करता, तो वह न तो मुस्कुराती, न हंसती; गम्भीर बनी रहती। भला मैं कैसे समझता कि उसके मन में कहां क्या खटका छिपा हुआ है!

“इन्हीं दिनों मेरी शराब पीने की आदत बहुत बढ़ गई।

“एक दिन शरत ऋतु के प्रारम्भ में शाम को मनोरमा के साथ मैं बराहनगरवाले बग़ीचे में घूम रहा था। क्रमशः धीरे-धीरे अंधेरा बढ़ता जाता था। चिड़ियों के घोंसलों में पंख फटकारने की आहट तक बन्द हो चुकी थी। सिर्फ़ अगल-बग़ल

घनी छायादार झाऊ के पेड़ हवा से कांप रहे थे।

"ज़रा कुछ थकान मालूम होते ही मनोरमा उस मौलसिरी के पेड़ के नीचे संगमरमर की वेदी पर आकर अपनी बांह पर सिर रखके लेट गई। मैं भी उसके पास बैठ गया।

"वहां अंधेरा और भी गाढ़ा था। वहां से जितना आकाश दीख पड़ता था उसमें तारे ही तारे छा रहे थे, और झींगुरों की झनकार ऐसी लग रही थी कि मानो वह अनन्ताकाश की छाती पर से खिसकी हुई निस्तब्धता की साड़ी के नीचे शब्द की एक बारीक़ पाड़ बुन रही हो।

"उस दिन शाम को मैंने शराब पी थी, इससे मन ज़रा कुछ तरल अवस्था में था। आंखों को अंधेरा जब कुछ बरदाश्त हो गया तब पेड़ की छाया के नीचे पांडुवर्ण से अंकित शिथिल अंचल उस थकी हुई रमणी की धुंधली-सी मूर्ति ने मेरे हृदय में एक तरह के अनिवार्य आवेग का संचार कर दिया। मालूम हुआ मानो वह एक छाया है, अपनी बांहों से मैं उसे किसी भी तरह बांध नहीं सकता।

"इतने में अन्धकारमय झाऊ के पेड़ की चोटी पर मानो आग-सी जल उठी। उसके बाद, कृष्णपक्ष का जीर्ण प्रान्त पीतवर्ण चन्द्रमा धीरे-धीरे ठीक पेड़ के ऊपर के आकाश में चढ़ आया; और सफ़ेद पत्थर पर सफ़ेद साड़ी पहने हुए उस सोई हुई तरुणी के चांद-से शान्त मुखड़े पर चांदनी आ पड़ी। फिर मुझसे रहा नहीं गया। पास जाकर अपने दोनों हाथों से उसके हाथ पकड़कर बोला, 'मनोरमा, तुम मेरा विश्वास नहीं करतीं, पर मैं तुमसे प्रेम करता हूं, मैं तुम्हें हृदय से चाहता हूं, मैं तुम्हें कभी भूल नहीं सकता।'

"मुंह से शब्द निकलते ही मैं चौंक उठा, याद आया कि ठीक यही बात मैंने और भी एक दिन और किसी से भी कही है। उसी क्षण मौलसिरी और झाऊ की चोटियों के ऊपर से, कृष्णपक्ष के पीतवर्ण भग्नचन्द्र के नीचे से, गंगा के इस पार से लेकर सुदूर उस पार तक सर्वत्र 'हाः हाः, हाः हाः, हाः हाः' करती हुई एक हंसी बहुत ही तेज़ी से उड़ी चली गई। वह मर्मभेदी हंसी थी या अभ्रभेदी हाहाकार, मैं नहीं कह सकता। मैं उसी क्षण बेहोश होकर उस वेदी से नीचे लुढ़क पड़ा। होश आने पर देखा कि अपने कमरे में पड़ा हूं।

"मनोरमा ने पूछा, 'अचानक तुम्हें ऐसा क्यों हो गया?'

''मैं कांप उठा, 'सुना नहीं तुमने? सारे आकाश में 'हाः हाः, हाः हाः, हाः हाः' करती हुई एक हंसी उड़ी चली गई थी!'

''उसने हंसते हुए कहा, 'वो हंसी थोड़े ही थी! कतार बांधे सारसों का एक झुंड उड़ा जा रहा था। मैंने तो उन्हीं के पंखों की आहट सुनी थी। तुम ज़रा-ज़रा-सी बात पर ऐसे डर क्यों जाते हो!'

''दिन में मेरी साफ़ समझ में आ गया कि ज़रूर वह पक्षियों के ही उड़ने की आवाज़ होगी; क्योंकि इस समय उत्तर देश से हंसों की पंक्ति नदी की रेती पर चरने आया करती है। मगर, जैसे ही शाम होती, उस विश्वास को मैं खो बैठता। तब ऐसा मालूम होता जैसे चारों तरफ़ सम्पूर्ण अंधकार में वही हंसी जमी बैठी है, और ज़रा-सा कुछ मौक़ा पाते ही एकाएक अन्धकार को चीरती हुई आकाश- भर में गूंज उठेगी। अन्त में ऐसा हो गया कि शाम के बाद फिर मनोरमा से बात करने की मेरी हिम्मत ही न पड़ती।

''एक दिन, अपने उस बग़ीचेवाले मकान को छोड़कर मनोरमा के साथ मैं मोटर-बोट पर बैठकर हवाख़ोरी के लिए निकल पड़ा। अगहन का महीना था, नदी की खुली हवा में मेरा सब डर-भय दूर हो गया। कई दिन ख़ूब आनन्द से बीते। चारों ओर के प्राकृतिक सौन्दर्य से आकृष्ट होकर मनोरमा भी मानो अपने हृदय के बन्द द्वार, बहुत दिनों बाद, धीरे-धीरे मेरे सामने खोलने लगी।

''बोट गंगा की धारा छोड़कर उसकी एक शाखा में होकर पद्मा नदी में जा पहुंचा। भयंकरी पद्मा उस समय हेमन्तऋतु की बांबी में पड़ी भुजंगिनी के समान दुबली और निर्जीव होकर सुदीर्घ शीत-निद्रा में सो रही थी। उत्तरी किनारे पर जनशून्य तृणशून्य दिगन्त तक विस्तृत रेती धांय-धांय जल रही थी, और दक्षिण की ऊंची पाड़ पर छोटे-छोटे गांवों के आम के बाग़ मानो उस राक्षसी नदी के लालायित मुंह के बिलकुल पास ही हाथ जोड़े खड़े-खड़े कांप रहे थे। पद्मा मानो नींद की खुमारी में एक-एक बार करवट लेती और विदीर्ण तट-भूमि छप-छप-छपाक करती हुई धसक-धसक पड़ती।

''यहीं घूमने-फिरने की मौज है, यह सोचकर वहां मैंने लंगर डलवा दिया।

''एक दिन हम दोनों टहलते-टहलते बहुत दूर चले गए। देखते-देखते डूबते हुए सूरज की सुनहरी आभा दिगन्त में विलीन हो गई। शुक्लपक्ष की साफ़-सुथरी

चांदनी खिल उठी। उस अन्तहीन चमकती हुई सफ़ेद रेती पर शुभ्र चांदनी जब अपना सम्पूर्ण रूप और यौवन लिए हुए बेरोकटोक एक साथ आकाश के सीमान्त तक फैल गई, तो ऐसा मालूम होने लगा जैसे इस जनशून्य चन्द्रलोक के असीम स्वप्न-राज्य में केवल हम ही दोनों विचरण कर रहे हों। लाल रंग का दुशाला मनोरमा के माथे से उतरकर उसके चेहरे को घेरे और सारे शरीर को ढंके हुए नीचे तक लटक रहा था। निस्तब्धता जब और भी निविड़ हो गई, सन्नाटा जब और भी गहरा हो गया, सीमाहीन, दिशाहीन शुभ्रता और शून्यता के सिवा जब और कुछ भी बाक़ी न रहा, तब मनोरमा ने दुशाले से धीरे-से अपना हाथ निकाला और मेरा हाथ पकड़के मसक दिया। बहुत ही पास आकर मानो वह अपने सम्पूर्ण तन-मन और जीवन-यौवन का सारा भार मुझे सौंपकर एकान्त रूप से मुझ ही पर निर्भर होकर खड़ी हो गई। और मैं पुलकित हृदय से सोचने लगा, 'बन्द घर में कहीं मनमाना प्रेम किया जा सकता है! ऐसे खुले हुए मुक्त मैदान और अनन्त आकाश के बिना एक-साथ दो प्रेमी हृदय भला और कहां समा सकते हैं।' मालूम होने लगा, हमारे घर नहीं, द्वार नहीं, पीछे कहीं भी लौटना नहीं, इसी तरह हाथ-में-हाथ दिए कहीं न पहुंचने के मार्ग से उद्देश्यहीन भ्रमण करते हुए चन्द्रालोकित शून्यता के ऊपर से बिना बाधा के बराबर चलते ही चलना है।

"इस तरह चलते-चलते एक जगह जाकर देखा कि उस रेती के टापू पर पास ही एक जलाशय-सा बना हुआ है। पद्मा वहां से कुछ हटकर बहने लगी थी, इसीलिए वहां पानी रुक गया था।

"उस मरु-बालुका से वेष्टित निस्तरंग निश्चल सोते हुए तालाब के पानी पर चांदनी की लम्बी रेखा मानो बेहोश पड़ी गहरी नींद सो रही थी। वहां पहुंचकर हम दोनों खड़े हो गए। मनोरमा न जाने क्या सोचकर मेरे मुंह की ओर देखने लगी। इतने में एकाएक उसके माथे पर का दुशाला खिसक गया और मैंने उसका चांदनी से खिला हुआ प्यारा मुखड़ा उठाकर चूम लिया।

"ठीक उसी समय, उस जन-मानवशून्य निःसंग मरुभूमि में न जाने कौन कहां से तीन बार बोल उठा, "वो कौन, वो कौन, वो कौन!"

"मैं एक साथ चौंक पड़ा। मनोरमा भी कांप उठी। पर, दूसरे ही क्षण हम

दोनों समझ गए कि वह शब्द मानुषिक नहीं, अमानुषिक है; नदी की रेती पर विहार करनेवाले जलचर पक्षियों की पुकार है। सहसा इतनी रात में अपने एकान्त निर्जन निवास के पास आदमी देखकर वे चौंक पड़े हैं।

"उस डर से चौंककर हम दोनों ही जल्दी-जल्दी बोट की तरफ़ लौट पड़े। काफ़ी रात हो चुकी थी। बोट में आते ही मैं बिस्तर पर जा पड़ा और सो गया। शायद थक जाने से मनोरमा भी पड़ते ही सो गई।

"उसके बाद, अंधेरे में मालूम नहीं कौन, मेरी मशहरी के पास आ खड़ी हुई, और सोई हुई मनोरमा की ओर अपनी एकमात्र लम्बी पतली रक्त-मांसहीन हड्डी की उंगली का इशारा करती हुई मानो मेरे कान के पास आकर चुपके-चुपके अस्फुट कंठ से बार-बार पूछने लगी, "वो कौन? वो कौन? वो कौन?"

झटपट उठकर मैंने दियासलाई जलाकर बत्ती बाली। बत्ती जलते ही वह गायब हो गई। ऐसा मालूम हुआ जैसे वह मेरी मशहरी को कंपाती और बोट को हिलाती हुई पसीने से तरबतर मेरे शरीर के ख़ून को ठंडा करके, 'हाः हाः', 'हाः हाः', हंसती हुई, अंधेरी रात के भीतर से उड़ती हुई तेज़ी से भाग निकली। पहले पद्मा पार हुई, फिर पद्मा की रेती पार हुई, उसके बाद सारे सोए हुए देश, ग्राम, नगर, मैदान, पहाड़, सब पार कर गई और अनन्त काल तक देश-देशान्तर, लोक-लोकान्तर पार होकर क्रमशः क्षीण, क्षीणतर, क्षीणतम होती हुई असीम सुदूर की ओर उड़ती ही चली गई! क्रमशः मानो वह जीवन-मृत्यु के देश को पार कर गई और उसकी आवाज़ क्रमशः सुई की नोंक की तरह बारीक़ होती गई। इतनी महीन आवाज़ मैंने पहले कभी नहीं सुनी, न उसकी कभी कल्पना ही की। मेरे माथे के भीतर मानो अनन्त आकाश भरा हुआ हो, और वह आवाज़, असीम-अनन्त दूर निकल जाने पर भो, उससे मेरे मस्तिष्क की सीमा छोड़ते नहीं बनता हो। अन्त में जब बिलकुल ही असह्य हो उठा और किसी भी तरह नींद नहीं आई, तो सोचा कि बत्ती बिना बुझाए न नींद आएगी, न चैन मिलेगा। और तब, ज्योंही बत्ती बुझाकर लेटा त्योंही मेरी मशहरी के पास, मेरे कानों के पास, अंधेरे में फिर वही अवरुद्ध स्वर बोल उठा, 'वो कौन, वो कौन, वो कौन!' मानो मेरे फेफड़े के ख़ून के साथ-साथ ठीक ताल पर ताल मिलाकर लगातार ध्वनित होने लगा, 'वो कौन वो कौन, वो कौन! वो कौन, वो कौन, वो कौन!'

उस गहरी रात में, निस्तब्ध निशीथ में, बोट के भीतर मेरी गोलाकार घड़ी भी मानो सजीव हो उठी, और अपने कांटों को मनोरमा की तरफ़ फैलाकर ताक पर से ताल पर ताल देती हुई कहने लगी, 'वो कौन, वो कौन, वो कौन! वो कौन, वो कौन, वो कौन!' "

कहते-कहते दक्षिणाचरण बाबू का चेहरा पीला पड़ गया और कंठ रुंध आया। मैंने उनकी देह छूकर कहा, "ज़रा पानी पी लीजिए।"

इतने में सहसा मेरा लैम्प दुप-दुप करते-करते बुझ गया। सहसा बाहर की ओर निगाह गई तो देखा कि सवेरा हो गया है। कौए बोल रहे हैं, कोयल सीटी दे रही है। घर के सामनेवाली सड़क भी भैंसागाड़ी के पहियों की घड़घड़ाहट से जाग उठी है। उजाले में देखा तो दक्षिणाचरण के चेहरे का भाव ही बिलकुल बदल गया है, डर या आशंका का कोई चिह्न ही नहीं है उनके चेहरे पर। रात के मायाजाल में काल्पनिक शंका की मत्तता में उन्होंने मेरे सामने जो इतनी बातें कह डालीं, उसके लिए वे अत्यन्त लज्जित और भीतर-ही-भीतर मुझ पर नाराज़-से हो उठे, और शिष्ट सम्भाषण किए बिना ही चट्-से उठकर चल दिए।

उसी दिन फिर आधी रात को आकर किसी ने मेरा दरवाज़ा खटखटाया, "डाक्टर! डाक्टर!"

(मूल रचना : माघ, 1951)

दुराशा

बहुत दिनों की पुरानी बात है। मैं दार्जिलिंग गया था। वहां जाकर देखा कि बादल और वर्षा से घटाटोप अंधेरा छा रहा है। घर से बाहर निकलने की तबीयत नहीं होती, और घर में पड़े-पड़े तो और भी जी ऊबता है।

होटल में सवेरे का खाना खाकर, पैरों में मोटे बूट और सिर से लेकर पैर तक 'बरसाती' डाटकर हवाख़ोरी के लिए निकल पड़ा। रह-रहकर रिमझिम-रिमझिम वर्षा हो रही थी। चारों ओर काले बादलों के घटाटोप से ऐसा मालूम होने लगा कि जैसे विधाता हिमालय पहाड़-सहित सम्पूर्ण विश्व-चित्र को रबर से घिसकर मिटा देने की कोशिश कर रहे हों।

सुनसान कलकत्ता रोड पर अकेला टहलता हुआ मैं सोच रहा था कि इस अवलम्बनहीन मेघ-राज्य में अब अच्छा नहीं लग रहा, अब तो अपनी उस रूप-रस-गन्ध-वर्णमयी चित्र-विचित्र धरती माता को फिर से अपनी पांचों इन्द्रियों द्वारा पांच तरह से जकड़कर पकड़ लिया जाए तो अच्छा।

इतने में, पास ही कहीं से, किसी नारी के कंठ की सकरुण क्रन्दन की ध्वनि सुनाई दी। रोग-शोक से व्याकुल इस संसार में रोने की आवाज़ कोई विचित्र बात नहीं है। और कहीं, या और कोई समय होता, तो मुंह फेरकर देखता भी या नहीं, इसमें सन्देह है। किन्तु इस असीम मेघ-राज्य में वह रोना सम्पूर्ण विलुप्त संसार के एकमात्र क्रन्दन के समान मेरे कानों में आकर प्रवेश करने लगा। और मेरे लिए उसे तुच्छ समझना सहज न रहा।

उस क्रन्दन-ध्वनि की खोज में मैं आगे बढ़ने लगा। थोड़ी दूर चलकर देखूं, तो गेरुए कपड़े पहने एक स्त्री, जिसके माथे पर सुनहले रूखे बालों की जटा पहाड़ की चोटी का आकार धारण किए अपने-आप में आबद्ध है, सड़क के किनारे एक छोटी-सी शिला पर बैठी हुई धीमे स्वर में रो रही है। यह ताज़े शोक का विलाप नहीं है, बल्कि बहुत दिनों से संचित नीरव श्रान्ति और गहरा विषाद

है, जो मेघ के अन्धकार और पहाड़ की निर्जनता के भार से चूर-चूर होकर घुमड़ उठा है।

मैं मन-ही-मन सोचने लगा कि यह अच्छा रहा, ठीक मानो घर-गढ़न्त कहानी का प्रारम्भ हुआ। मैंने ऐसे कभी आशा ही नहीं की थी कि पहाड़ की चोटी पर बैठी कोई संन्यासिनी रो रही है और मैं उसे अपनी आंखों से देख-सुन रहा हूं।

उस स्त्री की जाति क्या है, कुछ अन्दाज़ न लगा सका। मैंने अत्यन्त मुलायम भाषा में उससे पूछा, "कौन हो तुम? क्या हुआ है तुम्हें, रो क्यों रही हो?"

पहले तो उसने कुछ जवाब ही नहीं दिया, बादलों के भीतर से सजल दीप्त नेत्रों से उसने एक बार मुझे अच्छी तरह देख-भर लिया।

मैंने फिर कहा, "मुझसे डरो मत, मैं शरीफ़ आदमी हूं।"

सुनकर वह हंसने लगी; और अत्यन्त श्रान्त किन्तु मधुर कंठ से कहने लगी, "बहुत दिनों से डर-भय को मैं पास ही नहीं फटकने देती, हया-शरम को भी धता बता चुकी हूं। बाबूजी, एक ज़माना था जब मैं ख़ास जनानख़ाने में रहती थी, जहां अपना सगा भाई भी बहन के हुक्म के बग़ैर भीतर नहीं जा सकता था। मगर आज, आज दुनिया में मेरा कोई परदा ही नहीं रहा।"

पहले तो मुझे ज़रा गुस्सा-सा आया; क्योंकि मेरा ठाट-बाट सब साहबाने ढंग का होने पर भी वह अभागिन बिना दुविधा के मुझे 'बाबूजी' कह बैठी। सोचा, यहीं पर इस क़िस्से को ख़तम करके सिगरेट का धुआं उड़ाता हुआ साहबी फ़ैशन की रेलगाड़ी की तरह ज़ोर से मिज़ाज के साथ आगे चल दूं। मगर भीतर जो एक दिलचस्पी थी, भीतरी रहस्य जानने का जो एक कुतूहल था, उसकी जय हुई। मैंने अपने अन्दर कुछ ऊंचा भाव लाते हुए गरदन टेढ़ी करके पूछा, "मैं तुम्हारी कुछ मदद कर सकता हूं? बताओ, तुम क्या चाहती हो?"

उसने स्थिर दृष्टि से एक बार मेरे चेहरे की ओर देखा, और फिर थोड़ी देर बाद संक्षेप में उत्तर दिया, "मैं बदायूं के नवाब गुलाम कादिर खां की बेटी हूं।"

बदायूं किस जगह है, नवाब गुलाम कादिर खां कौन-से नवाब हैं, और उनकी बेटी किस दुख से संन्यासिनी के भेस में दार्जिलिंग में कलकत्ता रोड के किनारे बैठकर रो सकती है – इस बारे में मुझे कुछ भी ज्ञान नहीं, और न मैं ऐसी बातों

पर विश्वास ही करता हूं; किन्तु फिर भी, मैंने सोचा कि जाने दो, रंग में भंग नहीं डालूंगा, कहानी का सिलसिला अच्छा जमता जा रहा है।

हां, तो नवाबज़ादी की तारीफ़ का पहला टुकड़ा मेरे कान में पड़ते ही मैंने उसी वक़्त एक लम्बा सलाम ठोंककर कहा, "नवाबज़ादी साहबा, बेअदबी माफ़ हो, आपको मैं पहचान नहीं सका था।"

न पहचानने के बहुत-से कारण थे। पहला और मुख्य कारण तो यह था कि मैंने उनको पहले कभी देखा ही नहीं; दूसरे, ऐसा कुहरा छाया हुआ था कि अपने हाथ-पैरों को पहचानना भी मुश्किल था।

और, नवाबज़ादी ने भी कुछ ख़याल नहीं किया; बल्कि खुशमिज़ाजी के साथ दाहिने हाथ से सामने के एक पत्थर की ओर इशारा करते हुए उन्होंने मुझे हुक्म दिया, "बैठ जाइए।"

देखा कि नवाबज़ादी इस संन्यासिनी के रूप में भी 'शाही हुक्म' देने की ताक़त रखती हैं। कुहरे से भीगे और सिवार से ढंके हुए उस कठोर चट्टान पर बैठने की इजाज़त पाकर मुझे ऐसा मालूम हुआ जैसे मुझे कोई ऐसी इज़्ज़त मिल गई हो जिसकी पहले कभी उम्मीद ही नहीं की थी। 'बरसाती' लादे निकलते समय ऐसे ज़बरदस्त सौभाग्य की बात मेरे लिए स्वप्न में भी अगोचर थी कि आज बदायूं के नवाब गुलाम कादिर खां की बेटी जेबउन्निसा या मेहरउन्निसा या नूरउल्मुक साहबा खुद मुझे दार्जिलिंग में कलकत्ता रोड के किनारे अपने बिलकुल पास ही समान आसन पर बैठने का हक़ बख्श देंगी।

हालांकि हिमालय की छाती जैसी सुनसान जगह में पहाड़ी चट्टान पर बैठकर दो पथिक नर और नारी की 'आप बीती कहानी' अचानक और हाल ही तैयार हुई कुनकुनी काव्य-कथा के समान सुनाई देगी, पाठकों के हृदय में दूर से आती हुई गिरि-कन्दरा के झरने की झरझर प्रतिध्वनि और कालिदास-रचित 'मेघदूत' और 'कुमारसम्भव' की विचित्र संगीत-ध्वनि जाग्रत होने लगेगी, फिर भी इतना तो सबको मानना ही पड़ेगा कि बूट और बरसाती पहनकर कलकत्ता रोड के किनारे वर्षा से भीगी और काई से गन्दी किसी चट्टान पर संन्यासिनी भेस में किसी अनजान शाहज़ादी के साथ आमने-सामने बैठकर इस तरह की बातें सुनते हुए भी अपनी शान और शौकत को ज्यों की त्यों बनाए रखना मुझ जैसे नए

साहब के लिए आसान काम न था। किन्तु, उस दिन गहरे कुहरे से चारों ओर अंधेरा छा रहा था, संसार के सामने संकोच करने की-सी कोई भी बात कहीं भी बाक़ी नहीं थी। उस अनन्त मेघ-राज्य में सिर्फ़ हम ही दोनों, बदायूं के नवाब गुलाम कादिर खां की बेटी और मैं, एक नवविकसित हिन्दुस्तानी साहब और एक नवाबज़ादी, प्रलय-अवशेष की तरह बाक़ी बचे थे। इस बेमेल सम्मिलन का ज़बरदस्त मज़ाक़ सिर्फ़ हम ही दोनों के भाग्य में गोचर था, और किसी के दृष्टिगोचर नहीं था।

मैंने कहा, "नवाबज़ादी साहबा, आपका ऐसा हाल किसने किया?"

बदायूं की नवाबज़ादी ने तक़दीर ठोंककर कहा, "कौन यह सब करता है, सो मैं क्या जानूं! इतने बड़े पत्थर के बने ठोस हिमालय पहाड़ को मामूली कुहरे से किसने छिपा रखा है?"

मैंने किसी तरह की दार्शनिक बहस न छेड़कर उनकी बात मान ली। और कहा, "ठीक है, भाग्य की बात कौन कह सकता है? हम लोग तो कीड़े-मकोड़े हैं।"

बहस मैं छेड़ता, नवाबज़ादी को मैं इतनी आसानी से छुटकारा न देता, किन्तु अपने मन के भाव को मैं भाषा में बांध न सका। उर्दू बोली का मुझे जो कुछ भी थोड़ा-बहुत ज्ञान था, वह कलकत्ता रोड के किनारे बैठकर बदायूं की या अन्य कहीं की नवाबज़ादी के साथ अदृष्टवाद और स्वाधीन-इच्छावाद के विषय में अच्छी तरह बहस करने के लिए काफ़ी न था।

नवाबज़ादी ने कहा, "मेरी ज़िन्दगी की विचित्र कहानी आज ही ख़तम हुई है। इजाज़त हो तो सुनाऊं।"

मैंने उतावली के साथ कहा, "आप भी क्या फरमा रही हैं! आपके लिए और इजाज़त! हां, अगर आप इनायत फरमाएं और मैं सुन सकूं, तो उसे मैं अपनी खुशक़िस्मती ही समझूंगा।"

कोई यह न समझ ले कि मैंने हूबहू यही शब्द कहे थे। हां, कहने की इच्छा ज़रूर थी, पर सामर्थ्य नहीं। नवाबज़ादी जब बोल रही थीं तो मुझे ऐसा मालूम होता था जैसे ओस से धुले हुए चिकने सांवले रंग के खेत की सुनहली बालों के ऊपर से सवेरे की धीमी-धीमी मीठी हवा हिलोरे ले रही हो। बात-बात में ऐसी

नम्रता, ऐसी नज़ाकत, ऐसा सौन्दर्य और वाक्यों का ऐसा लहरोंदार प्रवाह था कि कहते नहीं बनता। और मैं बहुत ही संक्षेप में जंगली की तरह सीधा जवाब दे रहा था। बातचीत में ऐसी सरल शिष्टता का ज्ञान मुझे कभी किसी ज़माने में था ही नहीं; नवाबज़ादी के साथ बात करते समय आज ही और यहीं पहले-पहल मैं अपनी कमी की दीनता पद-पद पर अनुभव करने लगा।

नवाबज़ादी कहने लगीं, "मेरे पिता के वंश में दिल्ली के शाही खानदान का ख़ून मौजूद था, और उसकी रक्षा करने में कहीं भी मेरी सगाई पक्की न हो सकी। मेरे लायक कोई शाहज़ादा ही ढूंढ़े नहीं मिला। मेरे साथ शादी करने के इरादे से लखनऊ के नवाब ने अपनी तरफ़ से पैग़ाम भेजा भी, तो पिता टालमटोल करने लगे। और इतने में, दांत से कारतूस काटने के विषय को लेकर सरकारी फ़ौज में सरकार के ख़िलाफ़ एक तूफ़ान-सा उठ खड़ा हुआ; और तोपों के धुएं से हिन्दुस्तान-भर में अंधेरा छा गया।"

किसी नारी के मुंह से, ख़ासकर नवाब खानदान की किसी नवाबज़ादी की ज़बान से मैंने कभी उर्दू बोली नहीं सुनी। आज सुनकर साफ़ समझ में आ गया कि यह बोली उन अमीरों की बोली है जिन्हें ऐश-आराम के सिवा कुछ करना ही नहीं पड़ता था, और यह जिस ज़माने की बोली है वह ज़माना अब नहीं रहा। भला मैं उनकी क्या होड़ कर सकता हूं! आज तो रेलवे और टेलीग्राफ से, काम-काज की भीड़ से और बड़े-बड़े खानदानों के बिगड़ जाने से सब-कुछ मानो छोटा-ओछा और अलंकारहीन हो गया है। नवाबज़ादी की सिर्फ़ भाषा सुनकर अंग्रेज़ों के बसाए हुए उस नए पहाड़ी शहर दार्जिलिंग के घने कुहरे के जाल में भी मानो मेरी मानसिक आंखों के सामने मुगल बादशाहों की मानसपुरी माया-बल से जाग उठी; सफ़ेद संगमरमर के बने हुए आसमान चूमनेवाले बड़े-बड़े महल, सड़कों पर लम्बी-लम्बी पूंछवाले घोड़ों की पीठ पर कलाबत्तू के कामदार मखमल के साज़, हाथियों की पीठ पर सुनहली झालरदार ख़ूबसूरत हौदे, शहरी लोगों के सिर पर रंग-बिरंगी बेशक़ीमती पगड़ियां, जामेवार और रेशम और तनजेब के बने जामे-पायजामे, कमरबन्द से लटकती हुई बांकी तलवारें, जरीदार जूतों के आगे की टेढ़ी-तिरछी नोंकें, फ़ुरसत का लम्बा समय, ढीली और नीची पोशाकें, बेहद शिष्टाचार, हद से ज्यादा अदब-क़ायदे!

नवाबज़ादी कहने लगीं, "हां, तो हम लोगों का क़िला था जमुना के ऐन किनारे पर। हमारी फ़ौज के सिपहसालार थे एक हिन्दू ब्राह्मण। उनका नाम था केशरलाल!"

नवाबज़ादी ने आख़िर के 'केशरलाल' शब्द पर नारी-कंठ का अपना सारा संगीत मानो एक साथ एक क्षण में उंडेल दिया। मैं हाथ की छड़ी को ज़मीन पर रखकर ज़रा हिल-हिलाकर क़िस्सा सुनने के लिए चौकन्ना होकर बैठ गया।

नवाबज़ादी कहने लगीं :

"केशरलाल कट्टर हिन्दू थे। मैं रोज़ ख़ूब सवेरे उठकर अपने महल के झरोखे में से देखा करती कि केशरलाल जमुना में छाती-भर पानी में घुसकर हाथ जोड़कर उगते हुए सूरज के लिए चारों तरफ़ घूम-घूमकर जल की अंजलि दिया करते। उसके बाद, भीगे कपड़े पहने घाट पर बैठकर एकाग्र चित्त से जप करते, और, साफ़ और मीठे कंठ से भैरों राग में भजन गाते हुए घर लौटते।

"मैं कहने को तो मुसलमान लड़की थी, पर कभी मैंने अपने मज़हब की बात नहीं सुनी, और न मज़हबी इबादत का कोई क़ायदा ही मुझे मालूम था। उन दिनों भोग-विलास ने, ऐश और आराम ने, शराब और साकी ने, मय और मयख़ाने ने हमारे मरदों को ऐसा गर्क कर रखा था कि दिखाऊ मज़हबी शोर और ऊधम के सिवा असल मज़हब का उनमें कुछ भी बाक़ी न था; और इसीलिए जनानख़ाने के रंगमहलों में भी कहीं मज़हब ज़िन्दा न था।

"विधाता ने मेरे मन में शायद स्वाभाविक धर्म-पिपासा दी थी या और कोई गूढ़ कारण होगा, मैं कुछ कह नहीं सकती; पर, हर रोज़ उस प्रशान्त प्रभात में हाल ही उगे सूरज के अरुण प्रकाश में निस्तरंग नील जमुना की सफ़ेद सीढ़ियों पर केशरलाल के भजन-पूजन के उस दृश्य से नींद से तुरन्त जगा हुआ मेरा हृदय एक अव्यक्त भक्ति की मधुरता से भर जाता।

"हमेशा के संयत शुद्धाचरण से ब्राह्मण केशरलाल का गोरा छरहरा बदन धूम्रहीन दीपशिखा के समान दिखाई देता था। ब्राह्मण का वह पुण्य-माहात्म्य अपने अपूर्व श्रद्धा के भार से मुझ मुसलमान तनया के मूढ़ हृदय को विनम्र कर देता था।"

कहते-कहते क्षण-भर के लिए वे रुक गईं। मुझे ऐसा लगा मानो उनके चेहरे

पर केशरलाल के उज्ज्वल ब्राह्मणत्व का दीप्त प्रकाश छा गया हो, और उसे वे एक झटके में अलग करके तुरन्त अपने क़िस्से का सिलसिला ज़ारी कर देना चाहती हों। केशरलाल के प्रसंग में विशुद्ध संस्कृत शब्दों का प्रयोग सुनकर मैं दंग रह गया। सोचने लगा, यह कौन बोल रही है, नवाबज़ादी या संन्यासिनी!

संन्यासिनी कहने लगीं :

''मेरी एक हिन्दू बांदी थी, वह रोज़ झुककर प्रणाम करके केशरलाल की पदधूलि ले आती थी। उस दृश्य को देखकर मुझे आनन्द भी होता था और ईर्ष्या भी। क्रिया-कर्म या पर्व-त्यौहार के दिन वह बांदी कभी-कभी ब्राह्मण-भोजन कराती और सबको दक्षिणा दिया करती थी। मैं ख़ुद ही अपनी तरफ़ से उसे रुपये-पैसे से मदद किया करती थी और कहती रहती थी कि 'तू केशरलाल को न्योता नहीं देगी?' किन्तु वह दांतों-तले जीभ दबाकर कहती, 'केशरलाल महाराज किसी का भी अन्न या दान-दक्षिणा नहीं लेते।'

''इस तरह प्रत्यक्ष या परोक्ष में केशरलाल को किसी प्रकार अपनी भक्ति न दिखा सकने के कारण मेरा चित्त मानो क्षुधातुर लालची-सा बना रहता। मेरे पुरखों में से कोई किसी ब्राह्मण-कन्या को जबरन ब्याह लाए थे। मैं महलों के एक कोने में बैठी हुई अपनी शिराओं में उन्हीं के पुनीत रक्त-प्रवाह का अनुभव करती और उसी रक्त-सूत्र से केशरलाल के साथ एकता के सम्बन्ध की कल्पना करके कुछ-कुछ तृप्त हो लेती।

''अपनी उस हिन्दू दासी से मैं हिन्दू-धर्म के समस्त आचार-व्यवहार और देवी-देवताओं की आश्चर्यजनक कथा-कहानियां, 'रामायण' और 'महाभारत' का सारे का सारा अपूर्व इतिहास शंका-समाधानों के साथ अच्छी तरह सुनती। सुनते-सुनते अपने उस अन्तःपुर के कोने में भी हिन्दू संसार का एक दृश्य मेरे मन के सामने नाचने लगता। मूर्ति और प्रतिमूर्ति, शंख और घंटों की ध्वनि, सोने के कलसों से सुशोभित देव-मन्दिर, धूप का सुगन्धित धुआं, अगुरु-चन्दन-मिश्रित पुष्पों की सुगन्ध, योगी-संन्यासियों की अलौकिक शक्ति, ब्राह्मणों का लोकोत्तर माहात्म्य, मनुष्य के छद्मवेश में देवताओं की विचित्र लीला, ये सब मिलकर मेरे सामने एक अतिप्राचीन और अतिविस्तीर्ण अत्यन्त दूर के अस्वाभाविक माया-लोक की सृष्टि कर देते; और मेरा चित्त मानो घोंसला खोए हुए पक्षी की तरह

सन्ध्या-रूपी किसी बड़े भारी पुराने महल की छोटी-मोटी कोठरियों में उड़ा-उड़ा फिरता। हिन्दू-संसार मेरे उस किशोरी-हृदय के लिए एक बहुत ही रोचक 'परियों की कहानी' का भंडार-सा बन गया था।

"इतने में, फिरंगी सरकार के साथ फ़ौज की लड़ाई छिड़ गई। हमारे छोटे-से बदायूं के क़िले में भी विद्रोह की चिनगारियां दिखाई देने लगीं। केशरलाल ने कहा, 'अब तो इन गो-भक्षक गोरों को आर्यावर्त से दूर करके भारत में राजपद के लिए फिर से एक बार हिन्दू-मुसलमानों को पासा फेंकना पड़ेगा।'

"मेरे पिता बहुत ही होशियार और चतुर आदमी थे, उन्होंने अंग्रेज़ों को ख़ास रिश्तेदार के सम्बोधन से सम्बोधित करके कहा, 'ये...सब-कुछ कर सकते हैं। हिन्दुस्तान के लोग इनसे उलझकर जीत नहीं सकते। मैं पेट की आस में गोद के इस छोटे-से क़िले को गंवा नहीं सकता; मैं कम्पनी सरकार से नहीं लड़ूंगा।'

"उस समय, जब कि हिन्दुस्तान के समस्त हिन्दू-मुसलमानों का ख़ून खौल रहा था, तब मेरे पिता की इन बनियों जैसी चतुराई पर हम सबका मन उन्हें धिक्कारने लगा। और तो और, मेरी बेगम माताएं तक चंचल हो उठीं।

"इतने में, केशरलाल ने हथियारों से लैस अपनी फ़ौज के साथ आकर मेरे पिता से कहा, 'नवाब साहब, अगर आप हमारी तरफ़ शामिल नहीं होते, तो कम-से-कम तब तक आप हमारे नज़रबन्द हैं जब तक लड़ाई चालू है; और, इस क़िले की सारी ज़िम्मेदारी अब से मेरे ऊपर है।'

"नवाब साहब ने कहा, 'इतना हंगामा करने की क्या ज़रूरत है! मैं तुम्हारी ही तरफ़ रहूंगा।'

"केशरलाल ने कहा, 'ख़ज़ाने से कुछ रुपये देने होंगे।'

"पिता ने विशेष कुछ दिया नहीं, कह दिया, 'जब जैसी ज़रूरत होगी, मैं देता रहूंगा।'

"चोटी से लेकर पांव की उंगलियों तक के मेरे पहनने के जितने जेवर थे सबके सब मैंने एक कपड़े में बांधकर अपनी उस हिन्दू दासी के हाथ केशरलाल के पास भिजवा दिए। उन्होंने मेरी वह भेंट मंजूर कर ली। मारे खुशी के बिना जेवर मेरे सारे अंग-प्रत्यंग पुलकित हो उठे, शरीर रोमांचित हो उठा।

"केशरलाल जंग-लगी बन्दूकों की नली और पुरानी तलवारें मांज-घिसकर साफ़ करने लगे। इतने में अचानक एक दिन शाम को जिले के कमिश्नर साहब लाल पोशाक़वाली गोरी पलटन के साथ आसमान में धूल उड़ाते हुए क़िले में आ धमके।

"मेरे पिता, नवाब साहब ने, चुपके से उन्हें इस बग़ावत का समाचार भेज दिया था।

"किन्तु बदायूं की फ़ौज पर केशरलाल का ऐसा ज़बरदस्त प्रभाव था कि वह उनके इशारे पर टूटी बन्दूकों और जंग-लगी तलवारों से लड़कर जान देने को तैयार हो गई।

"अपने विश्वासघातक पिता का महल मुझे नरक-सा मालूम होने लगा। क्षोभ- दुख से, लज्जा से, घृणा से मेरी छाती फटने लगी, फिर भी आंखों से एक बूंद पानी नहीं निकला। अपने डरपोक भाई की पोशाक़ पहनकर, भेस बदलकर मैं महल से बाहर निकल पड़ी। वहां किसी को कुछ देखने की फ़ुरसत ही न थी।

"उस समय धूल और बारूद का धुआं, सैनिकों की चीख़ और बन्दूकों की आवाज़ सब थम चुकी थी, जल, स्थल और आकाश में मृत्यु की एक भयानक शान्ति छा रही थी। जमुना के पानी को रक्त-राग से रंगकर सूरज तब अस्त हो चुका था; और साफ़-सुथरे आकाश में शुक्लपक्ष का चांद अपनी शुभ्र चांदनी छिटका रहा था।

"लड़ाई का मैदान ख़ूनख़राबी और मृत्यु के दृश्य से भयानक दीख रहा था। और कोई समय होता तो करुणा से मेरा कलेजा फटने लगता, पर, उस दिन मानो मैं सपने में से उठकर घूम-फिर रही थी, ढूंढ़ रही थी कहां हैं केशरलाल! सिर्फ़ इस एक बात के सिवा और सब-कुछ मुझे झूठा मालूम होता था।

"ढूंढ़ते-ढूंढ़ते आधी रात को चांद की चांदनी में मैंने देखा कि रणक्षेत्र के पास ही, जमुना के किनारे, एक आम के बाग़ में पेड़ की छाया के नीचे केशरलाल और उनके भक्त सेवक देवकीनन्दन की लाशें पड़ी हैं! मैं समझ गई कि घातक आक्रमण से घायल होने के बाद या तो नौकर मालिक को या मालिक नौकर को रणभूमि से इस निरापद स्थान पर ले आया है; और शान्ति के साथ दोनों ने मृत्यु की गोद में अपने को सौंप दिया है।

"पहले तो मैंने अपनी बहुत दिनों की भूखी भक्ति को चरितार्थ करके हृदय की प्यास बुझाई। केशरलाल के पैरों-तले पड़कर घुटनों तक लटकते हुए अपने बालों को खोलकर बार-बार मैंने उससे उनके पैरों की धूल पोंछी। अपने माथे पर उनके शीतल चरण-कमल रखे। फिर उन चरणों का चुम्बन करते ही मेरे बहुत दिनों से रुके आंसुओं में् बाढ़-सी आ गई।

"इतने में केशरलाल की देह हिली, और फिर सहसा उनके मुंह से कराहने की दर्द-भरी चीख़ निकली। मैं चौंक पड़ी, और उनके पैर छोड़ दिए। फिर सुना, मुंदी हुई आंखों और सूखे हुए कंठ से उन्होंने कहा, 'पानी!'

"मैं उसी क्षण दौड़ी गई जमुना-किनारे। और जमुना के पानी में अपना दुपट्टा डुबोकर ले आई। दुपट्टा निचोड़कर केशरलाल के खुले हुए ओठों में पानी देने लगी। और, उनकी बाईं आंख और माथे पर जो गहरी चोट लगी थी उस जगह अपने दुपट्टे का छोर फाड़कर पनपट्टी बांध दी।

"इस तरह कई बार जमुना से पानी ला-लाकर उनके मुंह और आंखों पर निचोड़ती रही। धीरे-धीरे उन्हें होश आया। मैंने पूछा, 'और पानी लाऊं?'

"केशरलाल ने कहा, 'कौन हो तुम?'

"मुझसे रहा न गया, मैंने कहा, 'यह दासी आपकी सेविका है। नवाब गुलाम कादिर खां की लड़की हूं मैं।'

"सोचा था कि केशरलाल मरते-मरते अपनी भक्त सेविका का प्रथम और अन्तिम परिचय अपने साथ लेते जाएंगे; और इस सुख से अब मुझे कोई भी वंचित नहीं कर सकता।

"किन्तु, हाय, मेरा परिचय पाते ही केशरलाल सिंह की तरह गरज उठे, और बोले, 'विश्वासघातक बेईमान की लड़की! यवन! मरते समय अपने हाथ का पानी देकर तूने मेरा धर्म नष्ट कर दिया!'

यह कहकर उन्होंने मेरे गाल पर दाहिने हाथ से बड़े ज़ोर का एक तमाचा मारा। मैं बेहोश-सी हो गई, मेरी आंखों के सामने अंधेरा छा गया।

"तब मैं सोलह वर्ष की कुमारी थी। पहले ही दिन महल से बाहर निकली थी। तब तक बाहर के आकाश के लोभी सूरज ने अपनी गरम किरणों से मेरे

सुकुमार कपोलों की सुर्ख़ी और चेहरे की लौन-छवि को चुराया नहीं था। उस दिन बाहर के संसार में पैर रखते ही, इस संसार से, अपने संसार के देवता से, यही मुझे पहला आशीर्वाद और पहला प्रेम मिला!"

इतना कहकर नवाबज़ादी चुप रह गई।

अब तक मैं बुझी हुई सिगरेट हाथ में लिए मोहमुग्ध होकर चित्र में अंकित मूर्ति की तरह चुपचाप बैठा कहानी सुन रहा था। कैसी भाषा सुन रहा था, कैसा संगीत सुन रहा था, कुछ कह नहीं सकता। मेरे मुंह में ज़बान नहीं थी।

बहुत देर बाद, मुझसे फिर रहा नहीं गया। सहसा मुंह से निकल पड़ा, "जानवर था!"

नवाबज़ादी बोल उठीं, "कौन जानवर था! जानवर क्या प्राण निकलते समय मुंह के सामने आई हुई पानी की बूंदों को छोड़ सकता है!"

मैंने शर्मिन्दा होकर कहा, "हां, बात तो ठीक है। देवता था!"

नवाबज़ादी ने फौरन ही कहा, "कैसा देवता! देवता क्या अपने भक्त की एकाग्र-चित्त से की हुई सेवा को ठुकरा सकता है?"

मैंने कहा, "हां, आप ठीक फरमा रही हैं।" कहकर चुप हो गया।

नवाबज़ादी कहने लगीं :

"पहले तो मेरे हृदय को बहुत चोट पहुंची। ऐसा मालूम हुआ मानो विश्व-ब्रह्मांड सहसा चकनाचूर होकर मेरे सिर पर आ पड़ा हो। फिर थोड़ी देर बाद, होश आने पर, मैंने उस कठिन, कठोर, निष्ठुर, निर्विकार, पवित्र ब्राह्मण के चरणों में दूर से प्रणाम किया। मन-ही-मन कहा, 'हे ब्राह्मण, तुम हीनों की सेवा, पराया अन्न, धनी का धन, युवती का यौवन, रमणी का प्रेम, कुछ भी नहीं चाहते, कुछ भी नहीं लेते। तुम स्वतन्त्र हो, स्वाधीन हो, तुम बहुत दूर हो, तुम्हारे पास जाकर आत्मोत्सर्ग करने का अधिकार भला मुझे कहां!'

"नवाबज़ादी को ज़मीन पर पड़कर साष्टांग प्रणाम करते देख केशरलाल ने क्या समझा होगा, मैं नहीं कह सकती; पर उनके चेहरे पर आश्चर्य या और किसी प्रकार का भावान्तर नहीं प्रकट हुआ। उन्होंने शान्त दृष्टि से एक बार मेरे मुंह की ओर देखा, और फिर वे धीरे-धीरे उठने की कोशिश करने लगे। मैंने

विह्वल होकर आश्रय देने के लिए अपने हाथ पसारे, उन्होंने नीरवता के साथ उसे अस्वीकार कर दिया; और बड़ी कठिनाई से वे धीरे-धीरे जमुना के घाट तक पहुंचे। वहां एक नाव बंधी थी। न तो कोई पार करनेवाला था और न कोई पार उतरनेवाला। उस नाव पर चढ़कर केशरलाल ने लंगर उठा लिया। देखते-देखते नाव मंझधार में पड़ गई, और धीरे-धीरे अदृश्य हो गई। मेरी इच्छा होने लगी, अपने सम्पूर्ण हृदय-भार को लेकर, अपने सम्पूर्ण यौवन और सम्पूर्ण अनादृत भक्ति-भार को लेकर, उस अदृश्य नाव की ओर हाथ जोड़कर, उस निस्तब्ध निशीथ में, चन्द्रमा की चांदनी से पुलकित उस निस्तरंग जमुना में, असमय में डंठल से गिरी हुई पुष्प-मंजरी के समान अपने इस व्यर्थ जीवन को विसर्जन कर दूं, संसार से अपने अस्तित्व को ही मिटा दूं।

"किन्तु, मिटा न सकी। आकाश के चांद ने, जमुना पार के पेड़ों की घनी काली कतार ने, कालिन्दी के नीले निस्तरंग जल ने, दूर के आम्र-वन के ऊपर चांदनी से जगमगाते हुए हमारे उस क़िले की चोटी ने, सभी ने एक साथ मिलकर एकतान से एकमात्र मृत्यु का ही गम्भीर गीत गाया। उस निशीथ में ग्रह-चन्द्र-ताराओं से शोभित निस्तब्ध तीन भुवन ने मुझे एक स्वर से मरने के लिए ही कहा। केवल तरंगहीन प्रशान्त जमुना के स्रोत में बहती हुई वही एक अदृश्य जीर्ण नाव, उस चांदनी रात के सौम्य-सुन्दर शान्त अनन्त भुवनमोहन मृत्यु के पसारे हुए आलिंगन-पाश से छुड़ाकर, मुझे जीवन के मार्ग पर खींच ले चली। और मैं उस मोह-स्वप्न में मरी हुई-सी जमुना के किनारे-किनारे, कहीं लम्बी-लम्बी घास तो कहीं सूखी बालू, कहीं ऊबड़-खाबड़ ज़मीन तो कहीं फटे कगारे, कहीं घने जंगल तो कहीं सुनसान बीहड़ को पार करती हुई चलने लगी।"

इतना कहकर नवाबज़ादी चुप हो गईं। मैं भी कुछ नहीं बोला। बहुत देर बाद उन्होंने फिर शुरू किया :

"इसके बाद की घटनावली बड़ी जटिल है। उसे किस तरह अलग-अलग करके साफ़-साफ़ कहूं, मेरी कुछ समझ में नहीं आता। एक गहन वन के भीतर से गुज़र रही थी। ठीक किस रास्ते से, कब कहां से निकली थी, उसे क्या फिर से ढूंढ़कर बताया जा सकता है! कहां से शुरू करूं, कहां ख़त्म करूं, कितना छोड़ दूं, कितना रखूं, सारी कहानी को कैसे किस ढंग से ऐसा स्पष्ट प्रत्यक्ष बना डालूं

कि जिससे ज़रा भी कहीं, कुछ भी असाध्य, असम्भव या अस्वाभाविक न मालूम हो!

"मगर हां, जीवन के इन्हीं कई दिनों में मैं समझ गई हूं कि असाध्य-असम्भव तो कुछ है ही नहीं। नवाब-खानदान की महलों में बन्द रहनेवाली नवाबज़ादी के लिए बाहर का संसार बहुत ही दुर्गम हो सकता है, पर है वह काल्पनिक ही। एक बार अगर बाहर निकल पड़े, तो उसके लिए चलने का रास्ता हो ही जाता है। वह रास्ता नवाबी रास्ता न सही, पर रास्ता ज़रूर है। उस रास्ते से मनुष्य चिरकाल से चलता आ रहा है, वह रास्ता ऊबड़-खाबड़, विचित्र और सीमाहीन है, शाखा-प्रशाखाओं में विभक्त है, सुख-दुख और विघ्न-बाधाओं से जटिल है; पर है वह रास्ता ही।

"साधारण मानव के उस साधारण मार्ग पर अकेली नवाबज़ादी की लम्बी भ्रमण-कहानी सुनने में सुखदायक न होगी। और हो भी, तो उन बातों को कहने के लिए मुझमें ज़रा भी उत्साह नहीं। सौ बात की एक बात यह है कि दुख-कष्ट, आपत-विपत, मान-अपमान बहुत कुछ सहना पड़ा है मुझे, फिर भी कल तक जीवन असह्य नहीं हुआ। आतिशबाज़ी की तरह जितनी जली हूं, उतनी ही तेज़ रफ़्तार से घूमती रही हूं। जब तक तेज़ी से घूमती रही तब तक 'जल रही हूं' इस बात का ज्ञान न था। आज सहसा वह परम दुख की, वह चरम सुख की दीपशिखा हवा के एक ही झोंके में बुझ गई; और साथ ही मैं भी रास्ते के एक किनारे धूल पर जड़ वस्तु की तरह गिर पड़ी। आज ही मेरी जीवन-यात्रा, मेरी ज़िन्दगी का सबसे बड़ा और सबसे प्यारा सफ़र ख़त्म हुआ है। और, मेरी कहानी भी यहीं ख़त्म है।"

इतना कहकर नवाबज़ादी फिर चुप हो गई। मैंने मन-ही-मन सिर हिलाया, 'ऊं-हुक्, यहां तो किसी तरह ख़त्म हो ही नहीं सकती।' कुछ देर चुप रहकर मैंने टूटी-फूटी उर्दू में कहा, "बेअदबी माफ़ कीजिएगा, आख़िरी दिन की बात ज़रा कुछ खुलासा करके कहें तो मेरे मन की घबराहट कुछ कम हो सकती है।"

नवाबज़ादी हंस दी। समझ गया कि मेरी टूटी-फूटी उर्दू काम कर गई। अगर मैं ख़ास उर्दू में बात कर सकता, तो मेरे सामने उनकी लज्जा दूर नहीं होती, बल्कि मैं जो उनकी मातृभाषा बहुत कम जानता हूं, यही हम दोनों के बीच बहुत

बड़ा परदा था, यही आबरू थी।

उन्होंने फिर कहना शुरू किया :

"केशरलाल की ख़बर मुझे लगभग बराबर ही मिलती रहती थी। लेकिन किसी भी तरह उनसे मेरी भेंट न हो सकी। वे तात्या टोपे के गुट में मिलकर उस बग़ावत और क्रान्ति से छाए हुए आकाश के नीचे अकस्मात कभी पश्चिम में तो कभी पूरब में, कभी दक्षिण में तो कभी उत्तर में, बिजली की तरह क्षण में टूट पड़ते और क्षण में बिला जाते।

"मैं तब योगिन बनकर काशी के शिवानन्द स्वामी को अपना धर्म-पिता मानकर उनसे संस्कृत-शास्त्रों का अध्ययन कर रही थी। भारतवर्ष के सब समाचार उनके चरणकमलों में आकर इकट्ठे होते थे। मैं परम भक्ति के साथ शास्त्र पढ़ती थी और शंकित चित्त से हृदय-विदारक आकुलता के साथ युद्ध के समाचार भी लेती रहती थी।

"धीरे-धीरे अंग्रेज़ी सरकार ने विद्रोह की आग को पैरों-तले कुचलकर बुझा दिया। तब फिर सहसा केशरलाल का समाचार मिलना बन्द हो गया। भीषण प्रलय-प्रकाश की लाल किरणों के भीतर भारत के दूर-दूरान्तर से जो वीर मूर्तियां क्षण-क्षण में दिखाई देती थीं, वे सहसा अंधकार में विलीन हो गईं।

"फिर तो मुझसे रहा नहीं गया। गुरु का आश्रय छोड़कर मैं भैरवी के वेश में निकल पड़ी। अनेक मार्गों में, तीर्थों में, मठ और मन्दिरों में भ्रमण करती रही। कहीं भी केशरलाल का पता नहीं चला। दो-एक के मुंह से, जो उनका नाम जानते थे, सुना कि 'वे या तो लड़ाई में मारे गए हैं या सरकार ने उन्हें फांसी पर चढ़ा दिया है।' मेरी अन्तरात्मा ने कहा, 'कदापि नहीं, केशरलाल की मृत्यु हो ही नहीं सकती। वह ब्राह्मण, वह प्रज्वलित अग्निशिखा कभी बुझ नहीं सकती – मेरी आत्माहुति ग्रहण करने के लिए अब भी वह कहीं-न-कहीं किसी दुर्गम, निर्जन यज्ञवेदी पर ऊर्ध्वशिखा होकर जल रही होगी।'

"हिन्दू-शास्त्रों में लिखा है, ज्ञान के द्वारा, तपस्या के द्वारा शूद्र ब्राह्मण हुए हैं। मुसलमान ब्राह्मण हो सकता है या नहीं, इस बात का कोई उल्लेख नहीं। इसका एकमात्र कारण है उस समय मुसलमान यहां थे नहीं। मैं जानती थी कि केशरलाल के साथ मेरे मिलन में बहुत विलम्ब है, कारण उसके पहले मुझे ब्राह्मण

होना होगा। एक-एक करके तीस वर्ष बीत गए। मैं भीतर से, बाहर से, आचार में, व्यवहार में, मन-वचन-कार्य से ब्राह्मण हो गई। मेरी उन ब्राह्मण दादी का रक्त निष्पाप तेज़ से मेरे सारे शरीर में प्रवाहित होने लगा। मैंने मन-ही-मन अपने यौवनारम्भ के उस प्रथम ब्राह्मण, अपने यौवन-शेष के उस शेष ब्राह्मण, अपने त्रिभुवन के उस एकमात्र ब्राह्मण के चरणों में बिलकुल निःसंकोच होकर अपने को समर्पित करके एक अपूर्व दीप्ति प्राप्त कर ली।

"युद्ध-विद्रोह के समय केशरलाल की वीरता की बातें मैंने बहुत सुनी थीं, पर वे मेरे हृदय पर अंकित नहीं हुईं। मैंने जो उस दिन निःशब्द चांदनी रात में निस्तब्ध जमुना के मध्यस्रोत में एक छोटी-सी नाव पर अकेले केशरलाल को बहते जाते देखा था, वही चित्र, वही चित्र अब तक मेरे हृदय में अंकित था। मैं दिन-रात केवल एक ही दृश्य देख रही थी कि वह धीर ब्राह्मण किसी जनहीन अनिर्दिष्ट महा रहस्य की ओर बराबर बढ़ता ही चला जा रहा है। उसका न तो कोई साथी है, न कोई सेवक है; किसी की भी उसे कोई आवश्यकता नहीं है। वह निर्मल आत्म-निमग्न पुरुष अपने में आप ही सम्पूर्ण है। आकाश के ग्रह-चन्द्र-तारागण नीरव होकर उसे निरीक्षण कर रहे हैं।

"इसी समय समाचार मिला कि केशरलाल राजदंड से निकलकर नेपाल की तरफ़ भाग गए हैं। मैं नेपाल पहुंची। वहां बहुत दिनों तक रही। मालूम हुआ कि केशरलाल, बहुत दिन हुए, नेपाल छोड़कर अन्यत्र कहीं चले गए हैं, उनका कुछ पता नहीं।

"उसके बाद अनेक पहाड़ छान डाले, कहीं पता न चला। यह हिन्दुओं का देश नहीं है। यहां के भूटानी लेपचा लोग म्लेच्छ हैं। इनके आहार-व्यवहार में आचार-विचार कुछ नहीं है। इनके देवता और इनकी पूजार्चना की विधि सब भिन्न हैं। बहुत दिनों की साधना से मैंने जो विशुद्ध शुचिता प्राप्त की थी, मुझे भय होने लगा कि उस पर कहीं कोई दाग़ न पड़ जाए, कोई धब्बा न लग जाए। मैं बड़ी कोशिश से सब तरह के मलिन संस्पर्शों से अपनी रक्षा करती हुई चलने लगी। मैं जानती थी कि मेरी नाव किनारे आ पहुंची है, मेरे जीवन का परम पुनीत चरम तीर्थ अब बहुत ही पास आ गया है।

"इसके बाद, और क्या हूं? अन्त की बात तो बहुत ही थोड़ी है। दीया जब

बुझता है तो एक फूंक से ही बुझ जाता है। उस बात की अब लम्बी-चौड़ी क्या व्याख्या करूं?...अड़तीस वर्ष बाद, दार्जिलिंग में आकर आज सवेरे मैंने केशरलाल को देखा है।"

वक्ता को यहीं चुप होते देख मैंने बड़ी उत्सुकता से पूछा, "क्या देखा?"

नवाबज़ादी ने कहा, "देखा, वृद्ध केशरलाल भूटानी बस्ती में भूटानी स्त्री और उससे पैदा हुए अपने नाती-पोतों के साथ मैले-कुचैले कपड़े पहने खेती का काम कर रहे हैं!"

क़िस्सा ख़तम हुआ। मैंने सोचा कि अब कोई सान्त्वना की बात कहनी चाहिए। बोला, "अड़तीस वर्ष तक लगातार जिसे दिन-रात प्राणों के भय से विजातीयों के संसर्ग में रहना पड़ा है, वह अपने आचार-विचार की किस तरह रक्षा कर सकता है?"

नवाबज़ादी ने कहा, "मैं क्या यह नहीं समझती? पर, इतने दिनों तक मैं किस मोह की मारी फिर रही थी? जिस ब्राह्मणत्व ने मेरे किशोर हृदय को हर लिया था, मैं क्या जानती थी कि वह केवल एक अभ्यास है, आदत है, सिर्फ़ संस्कार-मात्र है? मैं समझती थी कि वह धर्म है, अनादि है, अनन्त है, हमेशा एक-सा बना रहेगा। ऐसा ही यदि न होता, तो सोलह वर्ष की उमर में पहले-पहल पिता के घर से निकलकर उस निस्तब्ध चांदनी रात में, अपने नवविकसित, सद्यःपुष्पित, भक्ति-वेग से कम्पित तन-मन-प्राणदान के बदले उस ब्राह्मण के दाहिने हाथ से मुझे जो दुःसह अपमान मिला था, उसे क्यों मैं गुरु के हाथ की दीक्षा समझकर चुपचाप अवनत मस्तक से दूनी भक्ति के साथ शिरोधार्य करती? हाय, ब्राह्मण, तुमने तो अपनी एक आदत के बदले दूसरी आदत अख्तियार कर ली, पर मैं अपने एक यौवन, एक जीवन के बदले दूसरा जीवन, दूसरा यौवन कहां पाऊं!"

इतना कहकर वे तेज़ी से उठ खड़ी हुईं, बोलीं, "नमस्कार, बाबूजी!"

क्षण-भर बाद ही, मानो अपनी ग़लती को सुधारकर फिर बोलीं, "सलाम, बाबू साहब!"

इस मुसलमानी अभिवादन के द्वारा मानो उन्होंने धूल में मिले हुए उस जीर्ण-शीर्ण ब्राह्मणत्व से अन्तिम विदा ली, और मेरे कुछ कहने के पहले ही वे

हिमालय के उस भूरे रंग के कुहरे में बादल की तरह विलीन हो गईं।

मैं कुछ देर आंखें मींचे हुए नवाबज़ादी के जीवन की सारी घटनाओं को अपने मानस-पट पर चित्रित देखने लगा। यमुना-तट के क़िले के झरोखे के पास मसनद पर आराम से बैठी हुई षोडशी नवाबनन्दनी को देखा, तीर्थ और मन्दिरों में सन्ध्या-आरती के समय भक्ति-भाव से गद्‌गद एकाग्रचित्त तपस्विनी को देखा, और उसके बाद इस दार्जिलिंग पहाड़ पर कलकत्ता रोड के किनारे एक प्रवीण, प्रौढ़ा रमणी की कुहरे से ढंकी हुई भग्न हृदय के भार से कातर नैराश्य की मूर्ति भी देखी। एक सुकुमार रमणी देह में ब्राह्मण-मुसलमान की रक्त-तरंगों की विपरीत संघर्षजनित विचित्र, व्याकुल, संगीत-ध्वनि सुन्दर सुसम्पूर्ण प्रांजल भाषा में विगलित होकर मेरे मस्तिष्क के अन्दर स्पन्दित होने लगी।

आंखें खोलकर देखा, तो सहसा बादल दूर हो गए हैं; और स्निग्ध सूर्य-किरणों से निर्मल आकाश आंखों में चकाचौंध पैदा कर रहा है। रिक्शा में अंग्रेज़ महिलाएं और घोड़े की पीठ पर अंग्रेज़ पुरुष सैर करने निकल पड़े हैं। बीच-बीच में दो-एक भारतीय गले में गुलूबन्द लपेटे हुए मेरी ओर सकौतुक कटाक्ष करते हुए चले जा रहे हैं।

मैं जल्दी से उठ खड़ा हुआ। सूर्यालोक से आलोकित अनावृत्त संसार-दृश्य में बादलों से ढंकी हुई वह कहानी मुझे सच नहां मालूम हुई। मैं समझता हूं कि मैंने पर्वत के कुहरे के साथ अपनी सिगरेट का काफ़ी धुआं मिलाकर एक कल्पना-खंड रच डाला था। वह मुसलमान-ब्राह्मणी, वह विप्र वीर और यमुना-तट का वह क़िला, कुछ भी सच नहीं था।

(मूल रचना : वैशाख, 1955)

कंकाल

हम तीनों बचपन के साथी जिस कमरे में सोते थे, उसके बग़ल के कमरे में दीवार पर एक नर-कंकाल टंगा रहता था। रात को हवा से उसकी हड्डियां खड़खड़ाया करती थीं। दिन में हमें उन हड्डियों को हिलाना पड़ता था। कारण हम लोग तब पंडितजी से 'मेघनादवध' काव्य और कैम्बेल स्कूल के एक विद्यार्थी से अस्थि-विद्या पढ़ा करते थे। हमारे बुज़ुर्ग चाहते थे कि हम लोगों को यकायक सर्वविद्या में पारदर्शी कर डालें। उनका वह इरादा कहां तक पूरा हुआ, यह बात जो हमें जानते हैं, उनके सामने प्रकट करना फज़ूल है, और जो नहीं जानते उनसे छिपा जाना ही अच्छा है।

उसके बाद बहुत समय बीत चुका है। इस बीच में उस घर से कंकाल और हम लोगों के दिमाग़ से अस्थि-विद्या निकलकर न जाने कहां चली गई, कुछ पता नहीं।

थोड़े दिन हुए, एक दिन रात को, किसी कारण से और कहीं जगह न मिलने से मुझे उसी कमरे में सोना पड़ा जिसमें किसी ज़माने में कंकाल था। आदत न होने से नींद नहीं आई। करवट बदलते-बदलते गिरजा की घड़ी में बड़े-बड़े घंटे लगभग सभी बज गए। इतने में, घर के एक क़ोने में जो तेल का दीया जल रहा था, वह भी पांच-एक मिनट बुत-बुत करके बिलकुल ही बुझ गया। इसके कुछ पहले हमारे घर दो-एक मौत हो चुकी थीं। इसी से इस दीये के बुझते ही मौत की बात याद आ गई। मालूम हुआ, यह जो आधी रात के वक़्त एक दीपशिखा चिर-अन्धकार में बिला गई, प्रकृति के लिए जैसी यह है, वैसी ही मनुष्य की छोटी-छोटी प्राणशिखाएं हैं, जो कभी दिन में और कभी रात में सहसा बुझकर हमारी स्मृति से सदा के लिए मिट जाती हैं।

क्रमशः उस कंकाल की बात याद आ गई। उसकी जीवित अवस्था के विषय में कल्पना करते-करते सहसा ऐसा मालूम हुआ जैसे कोई चेतन पदार्थ अन्धकारमय घर में दीवार टटोलता हुआ मेरी मशहरी के चारों तरफ़ घूम रहा हो। और

उसकी घनी-घनी सांस मुझे साफ़-साफ़ सुनाई देने लगी। ऐसा लगा जैसे वह कोई खोई हुई चीज़ ढूंढ़ रहा हो, वह मिल नहीं रही हो और उसके लिए तेज़ी के साथ घर-भर में घूम रहा हो। मैंने निश्चित समझ लिया कि यह सब-कुछ मेरे निद्राहीन गरमाए हुए मस्तिष्क की कल्पना है। और मेरे ही माथे में भन्नाता हुआ जो ख़ून दौड़ रहा है, वही पैरों की आहट जैसा सुनाई दे रहा है। किन्तु फिर भी, डर के मारे रोंगटे खड़े हो उठे। इस फजूल के डर को ज़बरदस्ती दूर करने के इरादे से मैं बोल उठा, "कौन है?"

पैरों की आहट मेरी मशहरी के पास आकर थम गई, और एक जवाब सुन पड़ा, "मैं हूं। मेरा वह कंकाल कहां गया – उसे ढूंढ़ने आई हूं।"

मैंने सोचा कि अपनी काल्पनिक सृष्टि के आगे डरना-डराना कुछ मानी नहीं रखता। और, गाव-तकिये से ज़ोर से चिपटकर मैंने चिर-परिचित की तरह सहज स्वर में कहा, "वाह, आधी रात के वक़्त काम तो ख़ूब ढूंढ़ निकाला है! अब उस कंकाल से तुम्हें मतलब?"

अंधेरे में मशहरी के बहुत ही पास आकर उसने कहा, "ख़ूब कहा! अरे, मेरी छाती की हड्डियां तो उसी में थीं! मेरा छब्बीस वर्ष का यौवन तो उसी के चारों ओर विकसित हुआ था! एक बार देखने की तबीयत नहीं होती?"

मैंने उसी वक़्त कहा, "हां, बात तो ठीक है। तो तुम ढूंढ़ो, जाओ। मैं ज़रा सोने की कोशिश करूं।"

उसने कहा, "तुम अकेले ही हो क्या? तो ज़रा बैठ जाऊं। आज ज़रा गपशप होने दो। आज से पैंतीस साल पहले मैं भी आदमियों के पास बैठकर आदमियों की तरह ही गपशप किया करती थी। ये पैंतीस साल मैंने सिर्फ़ श्मशान की हवा में हू-हू करते हुए बिताए हैं। आज तुम्हारे पास बैठकर और एक बार आदमियों की तरह गपशप कर लूं।"

मुझे ऐसा लगा जैसे वह मशहरी के पास आकर बैठ गई। और कोई चारा न देख मैंने ज़रा उत्साह के साथ ही कहा, "हां, यह ठीक है। ऐसा कोई क़िस्सा छेड़ो जिससे तबीयत ख़ुश हो जाए।"

उसने कहा, "सबसे बढ़कर मज़े का क़िस्सा सुनना चाहते हो तो मैं अपनी ज़िन्दगी का क़िस्सा सुनाती हूं, सुनो।"

गिरजे की घड़ी में टन-टन दो बजे। वह कहने लगी, "जब मैं मनुष्य थी और छोटी थी तब एक आदमी से मैं यम की तरह डरती थी। वे थे मेरे पति। मछली को कांटे में फंसा लेने पर वह जैसे फड़फड़ाती है, मैं भी वैसे ही तड़पती थी। मुझे तब ऐसा लगा जैसे कोई एक बिलकुल अपरिचित आदमी स्नेह-जल से भरे मेरे जन्म-जलाशय से मुझे कांटे में फंसाकर खींचे लिए जा रहा हो, किसी तरह उसके हाथ से छुटकारा नहीं मिलने का। ब्याह के दो महीने बाद ही मेरे पति की मृत्यु हो गई। घरवालों और नाते-रिश्तेदारों ने मेरी तरफ़ से बहुत कुछ शोक-विलाप किया। मेरे ससुर ने बहुत-से लक्षण मिलाकर सास से कहा, 'शास्त्रों में जिसे विषकन्या कहा गया है, मैं वही हूं।' यह बात मुझे अभी तक बिलकुल स्पष्ट याद है। – सुनते हो, कहानी कैसी लग रही है?"

मैंने कहा, "अच्छी है, कहानी का प्रारम्भ तो बड़े मज़े का है।"

"तो सुनो। आनन्द से मायके लौट आई। क्रमशः उमर बढ़ने लगी। लोग मुझसे छिपाते थे, पर मैं ख़ूब अच्छी तरह जानती थी कि मुझ जैसी रूपवती जहां-तहां नहीं मिलती। क्यों तुम्हारी क्या राय है?"

"हो सकता है। लेकिन, मैंने तो तुम्हें कभी देखा नहीं।"

मेरा जवाब सुनते ही वह ठहाका मारकर हंस पड़ी; और फिर कहने लगी, "दिखा नहीं! क्यों, मेरा वह कंकाल? हिःहिःहिःहिः, मैं तुमसे मज़ाक़ कर रही हूं! तुम्हारे सामने मैं कैसे साबित करूं कि मेरी उन आंखों की खोखली हड्डियों के अन्दर कमान-सी खिंची हुई, भौंरे-सी काली, बड़ी-बड़ी दो आंखें थीं, और उन रंगीन ओठों पर जो मीठी-मीठी मुस्कान थी, उसकी अब इन उघड़े हुए दांतों की विकट हंसी के साथ किसी तरह तुलना ही नहीं हो सकती। मैं कैसे समझाऊं कि इन्हीं इनी-गिनी लम्बी-सूखी हड्डियों के ऊपर इतना लालित्य का और यौवन की इतनी कठिन-कोमल, सुघड़ परिपूर्णता प्रतिदिन खिलती रहती थी कि तुमसे कहने में मुझे हंसी भी आती है और क्रोध भी। मेरे उस शरीर के कंकाल से अस्थि-विद्या सीखी जा सकती है, यह बात उस ज़माने में बड़े-बड़े डाक्टरों के दिमाग़ में भी न आती थी। मुझे ख़ूब याद है, एक डाक्टर ने अपने एक ख़ास मित्र से मुझे 'कनकचम्पा' बताया था। उसके मानी यह थे कि दुनिया के और सब आदमी अस्थि-विद्या और शरीर-तत्त्व के दृष्टान्त बन सकते हैं, किन्तु, मैं ही सिर्फ़ एक

ऐसी हूं कि जिसे ख़ुशबूदार ख़ूबसूरत फूल के सिवा और कुछ नहीं कहा जा सकता। कनकचम्पा के भीतर क्या कोई कंकाल होता है?

"मैं जब चलती तो मुझे ऐसा लगता जैसे हीरे को हिलाने से उसके चारों ओर प्रकाश चमचमाता है, मेरी देह के ज़रा-से हिलने-डुलने में वैसी ही सौन्दर्य की चमक मानो अनेक स्वाभाविक हिल्लोलों में चारों ओर बिखरी पड़ती हो। कभी-कभी मैं बहुत देर तक अपने हाथ देखा करती; देखती कि संसार के समस्त उद्धत पौरुष के मुंह में लगाम डालकर मधुरता से उन्हें वश में कर सकते थे, ऐसे हाथ थे वे! सुभद्रा जब अर्जुन को लेकर बड़े दर्प के साथ अपने विजय-रथ को आश्चर्यचकित तीन लोक के बीच में होकर चला ले गई थीं, तब शायद उनके ऐसी ही दो अस्थूल सुडौल भुजाएं, गुलाबी हथेलियां और लावण्य-शिखा के समान उंगलियां थीं!

"किन्तु, हाय, मेरे उस निर्लज्ज, निरावरण, निराभरण, चिरवृद्ध कंकाल ने तुम्हारे सामने झूठी गवाही दी है मेरी! तब मैं बेबस थी, कुछ बोल न सकती थी, इसीलिए संसार-भर में मेरा सबसे ज़्यादा क्रोध तुम्हीं पर है। ऐसी मन में आती है कि अपने उस सोलह वर्ष के जीवित और यौवन के ताप से उत्तप्त आरक्तिम रूप को एक बार तुम्हारी आंखों के सामने रख दूं। बहुत दिनों के लिए तुम्हारी आंखों की नींद छुड़ा दूं, तुम्हारी अस्थि-विद्या को अस्थिर करके देश-निकाला दे दूं!"

मैंने कहा, "तुम्हारी देह होती तो मैं तुम्हारी देह छूकर कहता कि उस विद्या का लेशमात्र भी अब मेरे मस्तिष्क में नहीं है। तुम्हारा वह भुवन-मोहन पूर्ण यौवन का रूप निशीथ रात्रि के इस अन्धकार पट पर जाज्वल्यमान होकर प्रस्फुटित हो उठा है। बस, अब ज़्यादा न कहलाओ।"

वह कहने लगी, "मेरी कोई सखी-सहेली न थी। भैया ने प्रतिज्ञा कर ली थी कि वे ब्याह न करेंगे। घर में सिर्फ़ मैं अकेली थी। बग़ीचे में पेड़ के नीचे बैठी-बैठी मैं सोचा करती, तमाम दुनिया मुझसे ही प्रेम करती है। आकाश के सारे तारे मुझे ही देखा करते हैं, हवा छल से बार-बार गहरी सांस के रूप में मेरी ही बग़ल से निकल जाया करती है। जिस घास पर मैं पैर फैलाए बैठी हूं, उसमें अगर चेतना होती तो वह भी मुझे पाकर फिर से अचेतन हो जाती। मुझे मालूम

होता, संसार के सारे युवक उस घास के रूप में दल बांधकर चुपचाप मेरे पैरों के पास खड़े हैं। हृदय में बिना कारण न जाने कैसी तो एक वेदना-सी अनुभव करती रहती। मेरे भैया के मित्र शशिशेखर जब मेडिकल कालेज की आख़िरी परीक्षा पास कर चुके, तो वे ही हमारे घर के डाक्टर हुए। उन्हें मैं पहले ओट में से छिपकर बहुत बार देख चुकी थी। भैया बड़े अजीब आदमी थे, दुनिया को मानो वे अच्छी तरह देख न सकते थे। दुनिया उनके लिए मानो काफ़ी खुली हुई न थी, इसलिए हटते-हटते वे बिलकुल उसके एक किनारे पर जा लगे थे।

"उनके मित्रों में बस एक शशिशेखर ही थे। इसलिए बाहर के युवकों में मैं सिर्फ़ शशिशेखर को ही हमेशा से देखती आई थी। और, जब मैं शाम के वक़्त फूल के पेड़ के नीचे सम्राज्ञी की तरह आसन जमाकर बैठती तब ऐसा लगता जैसे संसार की सम्पूर्ण पुरुष जाति शशिशेखर की मूर्ति धारण करके मेरे चरणों के पास आकर आश्रय लेना चाहती है। सुन रहे हो? कहानी कैसी मालूम देती है?"

मैंने एक गहरी सांस लेकर कहा, "मालूम होता है, मैं अगर शशिशेखर होकर पैदा होता तो अच्छा रहता।"

वह कहती गई, "पहले पूरी सुन तो लो। एक दिन की बात है, बदली का दिन था, मुझे बुख़ार चढ़ा। डाक्टर मुझे देखने भीतर आए। यही पहली मुलाक़ात थी।

"मैं खिड़की की तरफ़ मुंह किए लेटी थी, ताकि सूर्यास्त की लाल आभा चेहरे पर पड़े और उसका फीकापन जाता रहे। डाक्टर ने घर में घुसते ही मेरे मुंह की ओर एक बार देखा, और मैंने भी मन-ही-मन अपने को डाक्टर मानकर कल्पना से अपने मुंह की ओर देखा। शाम के उस गुलाबी उजाले में नरम तकिए पर लापरवाही से पड़ा हुआ मेरा वह चेहरा मुझे कुछ मुरझाया हुआ-सा कोमल फूल के समान दीख पड़ा, बिखरे हुए घुंघराले बाल माथे पर उड़ रहे थे और लज्जा से झुकी हुई मेरी बड़ी-बड़ी आंखों की पलक गालों पर छाया डाल रहे थे।

"डाक्टर ने नम्रता के साथ मुलायम स्वर में भइया से कहा, 'एक बार नाड़ी देखनी होगी।' मैंने रेशमी फर्द में से अपना थका हुआ गोलमटोल गोरा हाथ निकाल दिया। एक बार हाथ को निहारकर देखा, उसमें अगर नीले रंग की कांच

की चूड़ियां पहने होती तो वह और भी अच्छा लगता। रोगी का हाथ थामकर नाड़ी देखने में डाक्टर की ऐसी चंचलता मैंने पहले कभी नहीं देखी। उन्होंने, छूने से डरती और कांपती हुई उंगलियों से, मेरी नाड़ी देखी। वे मेरे बुख़ार की गरमी समझ गए और मैंने भी उनकी अन्तर की नाड़ी कैसी चल रही है, इसका कुछ-कुछ आभास पाया। – क्यों, विश्वास नहीं होता?"

मैंने कहा, "अविश्वास का कोई कारण नहीं दीखता। आदमी की नाड़ी हर वक़्त एक-सी नहीं चलती।"

वह कहने लगी, "हूं! क्रमशः और भी दो-चार बार रोगी और आरोग्य होने के बाद एक दिन मैंने देखा कि मेरी सन्ध्याकाल की मानस-सभा में संसार के करोड़ों पुरुषों की संख्या घटते-घटते अन्त में वह 'एक' पर आकर ठहर गई। मेरी दुनिया क़रीब-क़रीब सूनी-सी हो गई। संसार में सिर्फ़ एक डाक्टर और एक रोगी बच रहा।

"शाम होते ही मैं चुपके से उठकर बसन्ती रंग की साड़ी पहनती, अच्छी तरह जूड़ा बांधती, उस पर एक बेले की माला लपेटती, और फिर एक दर्पण लेकर बग़ीचे में जा बैठती। क्यों? अपने को देख-देखकर क्या तृप्ति नहीं होती थी? सचमुच नहीं होती थी। क्योंकि मैं तो खुद अपने को नहीं देखती, मैं तब अकेली बैठकर दो हो जाती। मैं तब डाक्टर बनकर अपने को ख़ूब निहार-निहारकर देखती। देखकर मोहित हो जाती, ख़ूब प्रेम करती, लाड़-प्यार करती, और फिर भी हृदय के भीतर गहरी सांस उठ-उठकर शाम की आंधी की तरह सांय-सांय करके हाहाकार कर उठती।

"तब से मैं अकेली नहीं रही, जब चलती तो नीचे को निगाह कर निरख-निरखके देखती कि पैरों की उंगलियां ज़मीन पर कैसे पड़ती हैं, और सोचती, इन पैरों का रखना हमारे नवीन परीक्षोत्तीर्ण डाक्टर को कैसा लगता होगा! खिड़की के बाहर दोपहरी धांय-धांय करती रहती, एक तरह का गरम सन्नाटा छा जाता, कहीं भी कोई शोर-गुल नहीं, बीच-बीच में एक-आध चील बहुत दूर आकाश में चीं-चीं करती हुई उड़ जाती, और हमारे बग़ीचे की चहारदीवारी के बाहर खिलौनेवाला गाने के स्वर में 'चहिए खिलौना चहिए, चूड़ी चहिए' बोल जाता। मैं तब अपने हाथ से बिछौना करके उस पर एक धुली हुई

सफ़ेद महीन चादर बिछाकर सो जाती, और अपनी एक उघड़ी हुई बांह को कोमल बिछौने पर अनादर से रखकर सोचती, इस हाथ को इस ढंग से रखते हुए मानो किसी ने देख लिया, मानो किसी ने दोनों हाथों से उसे उठा लिया, मानो किसी ने उसकी गुलाबी हथेली पर चुम्बन रख दिया, और मानो धीरे-धीरे वह लौटा जा रहा है। – सुनते हो, मान लो, यहीं पर कहानी ख़तम हो जाए तो कैसा रहे?"

मैंने कहा, "अच्छा ही रहे। ज़रा अधूरी तो रह जाएगी, पर मन-ही-मन पूरी करने में बाक़ी की रात मज़े में कट जाएगी।"

उसने कहा, "हूं! किन्तु इससे कहानी बहुत गम्भीर हो जाएगी। इसका मज़ाक़ फिर कहां रहेगा? इसके भीतर का 'कंकाल' अपने सारे दांत किटकिटाता हुआ कहां दिखाई देगा?

"हां, फिर उसके बाद सुनो। ज़रा प्रैक्टिस बढ़ते ही डाक्टर ने हमारे मकान के नीचे एक दवाख़ाना खोल दिया। तब फिर मैं उनसे हंसी-हंसी में कभी दवा की बात, कभी ज़हर की बात, कभी आदमी आसानी से कैसे मर सकता है, यही सब ऊटपटांग बातें पूछती रहती। डाक्टरी-विषयों में डाक्टर का मुंह खुल जाता। सुनते-सुनते मौत मानो परिचित घर के आदमी की तरह हो गई। फिर तो मुझे सिर्फ़ दो ही चीज़ें दुनिया में दीखने लगीं, प्यार और मौत। सुनो, मेरी कहानी अब क़रीब-क़रीब ख़त्म हो चली है, अब ज़्यादा देर नहीं है।"

मैंने मुलायम स्वर में कहा, "रात भी क़रीब-क़रीब ख़त्म हो आई।"

वह कहने लगी, "हां तो, कुछ दिनों से देखा कि डाक्टर साहब बड़े अनमने-से रहने लगे हैं, मेरे सामने तो बहुत ही झेंपते हैं। एक दिन देखा कि वे कुछ ज़्यादा ठाट-बाट से सज-धजकर भैया के पास आए और उनसे बग्घी मांगने लगे। रात को कहीं जाएंगे। मुझसे रहा न गया। भैया के पास जाकर बातों-ही-बातों में मैंने पूछा, 'भइया, डाक्टर आज बग्घी लेकर कहां जा रहे हैं?' संक्षेप में भइया ने कहा, 'मरने।' मैंने कहा, 'बताओ न, भैया?' उन्होंने पहले की अपेक्षा कुछ और खुलासा करके कहा, 'ब्याह करने।' मैंने कहा, 'सचमुच?' और ख़ूब हंसने लगी।

"धीरे-धीरे मालूम हुआ कि इस ब्याह में डाक्टर को बारह हज़ार रुपये

मिलेंगे। किन्तु, मुझसे यह बात छिपाकर मुझे अपमानित करने के क्या मानी? मैंने क्या उनके पैरों पड़कर कहा था कि ऐसा काम करने से मैं छाती फाड़कर मर जाऊंगी? पुरुषों का विश्वास नहीं। दुनिया में मैंने सिर्फ़ एक ही पुरुष देखा है; और एक ही क्षण में उसके बारे में पूरी जानकारी हासिल कर ली है।

''डाक्टर रोगियों को देखकर जब घर लौट आए, तो मैंने, खिलखिलाकर ख़ूब हंसते-हंसते कहा, 'क्यों डाक्टर साहब, मैंने सुना है कि आज आपका ब्याह होनेवाला है?' मेरी हंसी देखकर डाक्टर सिर्फ़ झेंपे ही नहीं, बल्कि उनका चेहरा फक पड़ गया। मैंने पूछा, 'बाजे-आजे कुछ नहीं बुलाए?' सुनकर उन्होंने एक लम्बी सांस ली, और बोले, 'ब्याह क्या इतने आनन्द की चीज़ है?' हंसते-हंसते मैं लोट-पोट हो गई। ऐसी बात तो पहले कभी नहीं सुनी थी। मैंने कहा, 'सो नहीं होगा, बाजे होने चाहिए, रोशनी होनी चाहिए, पूरा-पूरा ठाट-बाट होना चाहिए।' उसके बाद भैया को मैंने ऐसा परेशान कर डाला कि भैया उसी वक़्त धूमधाम से बारात निकालने की तैयारी में लग गए।

''मैं बार-बार एक ही बात छेड़ने लगी कि बहू के घर आने पर क्या होगा, मैं क्या करूंगी? डाक्टर से मैं पूछ बैठी, 'अच्छा, डाक्टर साहब, तब भी क्या आप इसी तरह रोगियों की नाड़ी मसकते फिरेंगे?' हिः हिः हिः हिः! यद्यपि मनुष्य का, और ख़ासकर पुरुष का मन दिखाई नहीं देता, फिर भी मैं सौगन्ध खाकर कह सकती हूं कि मेरी बात डाक्टर की छाती में कांटे की तरह चुभकर रह गई।

''बहुत रात बीते लग्न था। शाम के वक़्त डाक्टर छत पर बैठे भैया के साथ दो-एक गिलास शराब पी रहे थे। दोनों जने इस काम में कुछ-कुछ अभ्यस्त थे। धीरे-धीरे आकाश में चांद उदय होने लगा। मैं हंसती हुई ऊपर पहुंची, बोली, 'डाक्टर साहब, भूल गए क्या? चलने का वक़्त हो गया!'

''एक बात मैं कहना भूल गई। इस बीच में छिपकर दवाख़ाने में जाकर मैं थोड़ा-सा सफ़ेद चूरा ले आई थी। छत पर पहुंचते ही दोनों की निगाह बचाकर मैंने उसे डाक्टर के गिलास में मिला दिया। जिस चूरे के खाने से आदमी मर जाता है, यह डाक्टर से ही सीख लिया था।

''डाक्टर ने एक सांस में पूरा गिलास ख़ाली करके मेरे मुंह की तरफ़ मर्मान्तक दृष्टि डालकर भीजे हुए गद्‌गद कंठ से कहा, 'अच्छा तो अब चलता हूं?'

"शहनाई बजने लगी। नीचे उतरकर मैंने एक बनारसी साड़ी पहनी, और जितने भी गहने मेरे सन्दूक में बन्द रखे थे, सबके सब निकालकर पहन लिए। मांग में ख़ूब अच्छी तरह सिन्दूर भर लिया; और फिर अपने उसी मौलसिरी के पेड़ के नीचे बिछौना बिछाकर लेट रही। बड़ी सुहावनी रात थी। सफ़ेद चांदनी छिटक रही थी। सोती हुई दुनिया की थकावट दूर करती हुई दक्षिणी हवा चल रही थी। मौलसिरी और बेला की सुगन्ध से सारा बग़ीचा महक रहा था।

"शहनाई की तान क्रमशः जब दूर होती चली गई, चांदनी जब अन्धकार का रूप धारण करने लगी, मेरा वह मौलसिरी का पेड़, बग़ीचा, ऊपर का आकाश, नीचे का मेरा वह आजन्मकाल का घर-द्वार सब-कुछ को लेकर दुनिया जब मेरे चारों तरफ़ से माया की तरह बिछने लगी, तब मैं आंखें मींचकर हंसने लगी। इच्छा थी, जब लोग मुझे आकर देखें, तो मेरी वह हंसी रंगीन नशे की तरह मेरे ओठों पर ज्यों की त्यों लगी रहे। इच्छा थी, अपनी उस हंसी को यहां से मैं अपने साथ लेती जाऊं; और वहां जब मैं अपने अभिसार की सुहाग कुटीर में धीरे-धीरे प्रवेश करूं तब तक वह ज्यों की त्यों बनी रहे।

"पर कहां गई मेरी वह सुहाग कुटीर! कहां गया मेरा वह अभिसार का रंगीन मनोहर वेश! अपने भीतर से एक खट्-खट् की आवाज़ सुनकर मैं जाग गई। देखा तो, मुझे लेकर तीन लड़के अस्थि-विद्या सीख रहे हैं! छाती के भीतर जहां सुख-दुख धुक-धुक करता रहता था और एक-एक करके प्रतिदिन यहां यौवन की कलियां खिला करती थीं, वहां, वहां बेंत दिखा-दिखाकर किस हड्डी का क्या नाम है, यह सीखा जा रहा है!

"सुनो, मैंने जो अपने सम्पूर्ण हृदय-मन को निचोड़कर अपने उन ओठों पर अन्तिम हंसी खिलाई थी, उसका कोई चिह्न तुम्हें दिखाई दिया था क्या?

"कहानी कैसी लगी?"

मैंने कहा, "बड़े मज़े की।"

इतने में कौआ बोल उठा।

मैंने पूछा, "अभी हो क्या?"

कोई जवाब नहीं मिला।

घर में प्रभात का प्रकाश चमक उठा।

(मूल रचना : फाल्गुन, 1948)

महामाया

महामाया और राजीवलोचन दोनों नदी के किनारे एक पुराने खंडहर मन्दिर में जाकर मिले।

महामाया ने मुंह से कोई बात न कहकर अपनी स्वाभाविक गम्भीर दृष्टि से ज़रा कुछ तिरस्कार के साथ राजीव की ओर देखा। उसका मतलब यह था कि 'तुम किस बिरते पर आज बेवक़्त मुझे यहां बुला लाए हो? मैं अब तक तुम्हारी सभी बातें मानती आई हूं, इसी से तुम्हारी इतनी हिम्मत बढ़ गई!'

राजीवलोचन वैसे ही महामाया से बराबर डरता रहता है, उस पर यह चितवन! बेचारा डर गया। सम्हलकर कुछ बात करना चाहता था, पर उसकी आशा पर उसी क्षण पानी फिर गया। और अब इस मिलन का जल्दी से कोई-न-कोई कारण बिना बताए भी उसे छुटकारा नहीं मिलता दीखता। इससे वह जल्दी में कह बैठा, "मैं चाहता हूं कि यहां से कहीं भाग चलें, और वहां जाकर दोनों ब्याह कर लें।" राजीव जिस बात को कहना चाहता था, बात तो उसने ठीक वही कही; किन्तु जो भूमिका वह सोचकर लाया था वह न जाने कहां गुम हो गई! उसकी बात बिलकुल नीरस और निरलंकार हुई, यहां तक कि सुनने में भी भद्दी और अजीब-सी लगी। वह खुद ही सुनकर भौंचक्का-सा रह गया। और भी दो-चार बात जोड़कर उसे ज़रा नरम बना देने की ताक़त उसमें न रही। खंडहर मन्दिर में नदी के किनारे इस जलती हुई दुपहरी में महामाया को बुलाकर उस बेवक़ूफ़ ने सिर्फ़ इतना ही कहा, "चलो, हम दोनों कहीं चलकर ब्याह कर लें!"

महामाया कुलीनों के घर की कुमारी लड़की है। उमर है चालीस साल की। जैसी पूरी उमर है वैसी ही सुन्दरता। शरतऋतु की धूप के समान पक्के सोने के रंग की प्रतिमा-सी लगती है, उस धूप जैसी ही दीप्त और नीरव; और उसकी दृष्टि है दिव्य लोक जैसी उन्मुक्त और निर्भीक।

उसके बाप नहीं है, सिर्फ़ बड़ा भाई है। उसका नाम है भवानीचरण। भाई-बहन की प्रकृति लगभग एक-सी है। मुंह से बोलते कुछ नहीं, पर तेज ऐसा है कि दुपहर के सूरज की तरह चुपके से जला सब-कुछ देते हैं। ख़ासकर भवानीचरण से लोग बिना कारण डरा करते हैं।

राजीव परदेशी है। यहां की रेशम की कोठी का बड़ा साहब उसे अपने साथ ले आया था। राजीव के बाप इसी साहब की कोठी में काम करते थे। पिता की मृत्यु होने पर साहब ने उनके नाबालिग लड़के के भरण-पोषण का भार अपने ऊपर ले लिया; और बचपन में ही उसे वह अपनी इस बामनहाटी की कोठी में ले आया। लड़के के साथ सिर्फ़ उसकी एक स्नेहशीला बुआ थी। राजीव अपनी उस बुआ के साथ भवानीचरण के पड़ोस में रहा करता था। महामाया राजीव की बाल्यसंगिनी थी, और राजीव की बुआ के साथ उसका सुदृढ़ स्नेह-बन्धन था।

राजीव की उमर क्रमशः सोलह, सत्रह और अठारह, यहां तक कि उन्नीस वर्ष की हो गई, फिर भी, बुआ के अनुरोध करने पर भी, वह ब्याह नहीं करना चाहता। साहब उसकी इस सुबुद्धि का परिचय पाकर बहुत ही खुश हुआ। उसने सोचा कि लड़के ने उन्हीं को अपना आदर्श बना लिया है। साहब ने शादी नहीं की थी।

इस बीच में बुआ भी मर गई।

इधर, बूते से ज़्यादा ख़र्च किए बिना महामाया के लिए अनुरूप कुलीन पात्र मिलना मुश्किल हो रहा था; और उसकी कुमारी अवस्था क्रमशः बढ़ती ही जा रही थी।

पाठकों को यह बताने की ज़रूरत नहीं कि परिणय-बन्धन में बांधना जिन देवता का कार्य है, वे यद्यपि इन दोनों के प्रति अब तक बराबर लापरवाही ही दिखा रहे थे, किन्तु प्रणय-बन्धन का भार जिस पर है उसने अब तक अपना समय बिलकुल नष्ट नहीं किया। वृद्ध प्रजापति जिस समय झोंके ले रहे थे युवक कन्दर्प उस समय पूरा सावधान था।

कामदेव का प्रभाव भिन्न-भिन्न लोगों पर भिन्न-भिन्न प्रकार से पड़ा करता है। उनके प्रभाव में आकर राजीव अपने मन की दो बातें कहने के लिए कोई मौक़ा ढूंढ़ रहा था, किन्तु महामाया उसे मौक़ा ही नहीं देती थी। असल में, उसकी

निस्तब्ध गम्भीर दृष्टि राजीव के व्याकुल हृदय में एक तरह का डर पैदा कर देती थी।

आज, सैकड़ों बार क़सम खाने के बाद राजीव उसे इस खंडहर मन्दिर में ला सका। इसी से उसने सोचा कि जो कुछ उसे कहना है, आज सब-कुछ कह-सुन लेगा; उसके बाद, या तो ज़िन्दगी-भर सुख से रहेगा, और नहीं तो प्राण त्याग देगा। जीवन के ऐसे एक संकट के दिन में राजीव ने सिर्फ़ इतना ही कहा, "चलो, ब्याह ही कर लें!" और उसके बाद पाठ भूले हुए विद्यार्थी की तरह सकपकाकर चुप रह गया।

महामाया को मानो यह आशा ही न थी कि राजीव उससे ऐसा प्रस्ताव कर बैठेगा। इससे देर तक वह चुप बनी रही।

दोपहरी की बहुत-सी अनिर्दिष्ट करुण-ध्वनियां होती हैं, वे इस सन्नाटे में फूट निकलीं। हवा से मन्दिर का आधा ही लगा हुआ टूटा दरवाज़ा बीच-बीच में बहुत ही क्षीण आर्त स्वर में धीरे-धीरे खुलने और बन्द होने लगा। कभी मन्दिर के झरोखे में बैठा हुआ कबूतर 'गुटुरगूं गुटुरगूं' करता तो कभी बाहर सेमर के पेड़ पर बैठा हुआ कठफोड़ू खुट-खुट करता, कभी सूखे पत्तों के ऊपर से सरसर करती हुई गिरगिट निकल जाती तो कभी सहसा मैदान की तरफ़ से हवा का एक ज़ोर का झोंका आता और उससे तमाम पेड़ों के पत्ते झर-झर आर्तनाद कर उठते, बीच-बीच में सहसा नदी का पानी जाग उठता और टूटे घाट की सीढ़ियों पर छल-छल छपक-छपक चोट करने लगता। इन सब आकस्मिक अलस-उदास शब्दों के बीच बहुत दूरी पर, एक पेड़ के नीचे, किसी चरवाहे की बांस की बांसुरी में मैदानी तान भी बज रही है। राजीव को महामाया के मुंह की ओर देखने का साहस न हुआ। वह मन्दिर की भीत के सहारे सपने की-सी हालत में चुपचाप खड़ा-खड़ा नदी के पानी की तरफ़ देखता रहा।

कुछ देर बाद मुंह फेरकर राजीव ने फिर एक बार भिखारी की तरह महामाया के मुंह की ओर देखा। महामाया ने सिर हिलाकर कहा, "नहीं, ऐसा नहीं हो सकता।"

महामाया का सिर ज्योंही हिला, राजीव की आशा भी उसी वक़्त ज़मीन पर पछाड़ खाकर गिर पड़ी। कारण, राजीव यह अच्छी तरह जानता था कि महामाया

का सिर महामाया के अपने मतानुसार ही हिलता है; और किसी की मजाल नहीं कि उसे अपने मत से विचलित कर सके। अपने कुल का ज़बरदस्त अभिमान-स्रोत महामाया के वंश में न जाने किस युग में बहता चला आ रहा है! भला आज वह राजीव जैसे अकुलीन ब्राह्मण के साथ ब्याह करने के लिए राजी हो सकती है! प्रेम होना और बात है, और ब्याह करना और बात। कुछ भी हो, महामाया समझ गई कि उसके अपने ही विचारहीन ढीले व्यवहार के कारण राजीव का दिमाग़ यहां तक चढ़ गया है। और उसी वक़्त वह वहां से चली जाने को तैयार हो गई।

राजीव ने हालत देखकर जल्दी से कहा, "मैं कल ही यहां से चला जा रहा हूं।"

महामाया ने पहले तो सोचा कि अब उसे ऐसा भाव दिखाना चाहिए कि जाओ चाहे रहो, इससे उसे क्या मतलब! पर दिखा न सकी। पैर उठाना चाहा, पर उठा नहीं। उसने शान्त भाव से पूछा, "क्यों?"

राजीव ने कहा, "हमारे साहब का यहां से सोनापुर को तबादला हो गया है – वे जा रहे हैं, मुझे भी साथ लेते जाएंगे।"

महामाया बहुत देर तक चुप रही। सोचने लगी, दोनों के जीवन की गति दो तरफ़ है; किसी आदमी को हमेशा के लिए नज़रबन्द नहीं रखा जा सकता; इसीलिए उसने चिपके हुए ओठों को ज़रा खोलकर कहा, "अच्छा।" उसकी यह 'अच्छा' कुछ-कुछ गहरी उसांस-सी सुनाई दी। और इतना ही कहके वह जाने को तैयार हुई।

इतने में राजीव चौंककर बोल उठा, "भवानी बाबू!"

महामाया ने देखा भवानीचरण मन्दिर की तरफ़ आ रहे हैं। समझ गई कि उन्हें सब पता लग गया है। राजीव ने महामाया पर विपत्ति आते देख मन्दिर की टूटी दीवार फलांगकर भागने की कोशिश की; किन्तु महामाया ने हाथ पकड़कर उसे रोक लिया। भवानीचरण मन्दिर के भीतर पहुंचे; और सिर्फ़ एक बार चुपचाप दोनों की ओर स्थिर दृष्टि से देखा।

महामाया ने राजीव की ओर देखते हुए अविचलित कंठ से कहा, "राजीव, मैं तुम्हारे घर ही आऊंगी। तुम मेरे लिए राह देखना।"

भवानीचरण चुपचाप मन्दिर से बाहर निकले। महामाया भी चुपचाप उनके पीछे हो ली। और राजीव हक्का-बक्का-सा होकर वहीं खड़ा रहा, मानो उसे फांसी का हुक्म सुनाया गया हो!

उसी दिन, रात को भवानीचरण ने एक कसूमी रंग की रेशमी साड़ी लाकर महामाया को दी; और कहा, "इसे पहन आओ।"

महामाया उसे पहन आई। उसके बाद बोले, "चलो, मेरे साथ चलो।"

आज तक, भवानीचरण की आज्ञा तो दूर रही, इशारे तक का भी किसी ने उल्लंघन नहीं किया; महामाया ने भी नहीं।

उसी रात को दोनों नदी के किनारे श्मशान की ओर चल दिए। श्मशान घाट ज़्यादा दूर न था। वहां गंगा-यात्री के घर में एक वृद्ध ब्राह्मण मौत की घड़िया गिन रहा था। उसकी खटिया के पास दोनों जाकर खड़े हो गए। घर के एक कोने में पुरोहित ब्राह्मण भी मौजूद था। भवानीचरण ने उससे इशारे में कुछ कहा। वह शीघ्र ही शुभानुष्ठान की तैयारियां करके पास आ खड़ा हुआ। महामाया समझ गई कि इस मौत के मेहमान के साथ उसका शुभ विवाह होगा। उसने रत्ती-भर भी विरोध नहीं किया। पास ही जलती हुई दो चिताओं के प्रकाश में उस अंधेरे-से घर में मृत्यु-यन्त्रणा की आर्त ध्वनि के साथ अस्पष्ट मन्त्रोच्चारण मिलाकर महामाया का विवाह कर दिया गया।

जिस दिन ब्याह हुआ उसके दूसरे ही दिन महामाया विधवा हो गई। इस दुर्घटना से विधवा को रंचमात्र भी शोक नहीं हुआ। और राजीव भी अकस्मात महामाया के ब्याह की ख़बर पाकर जैसा वज्राहत हुआ था, वैधव्य-संवाद से वैसा न हुआ, बल्कि उसे कुछ प्रसन्नता ही हुई। किन्तु वह भाव ज़्यादा देर तक न टिक सका। तुरन्त ही उस पर और एक संवाद की बिजली-सी टूट पड़ी, जिससे वह तत्काल ही पछाड़ खाकर गिर पड़ा। समाचार यह था कि 'श्मशान में आज बड़ी धूम है, महामाया सती हो रही है!'

पहले उसने सोचा कि साहब को ख़बर दे दे; और उसकी मदद से इस अमानुषिक अत्याचार को ज़बरन रोक दिया जाए। उसके बाद ख़याल आया कि

साहब तो सोनापुर रवाना हो चुका। राजीव को भी वह साथ ले जाना चाहता था, पर वह एक महीने की छुट्टी लेकर यहीं रह गया है।

महामाया ने उसे वचन दिया है, 'तुम मेरे लिए राह देखना।' उसकी वह किसी भी तरह उपेक्षा नहीं कर सकता। अभी तो उसने महीने-भर की ही छुट्टी ली है, आवश्यकता होने पर वह दो महीने, तीन महीने की छुट्टी लेगा और अन्त में साहब की नौकरी छोड़कर दर-दर भीख मांगकर गुज़र करेगा, किन्तु फिर भी ज़िन्दगी-भर उसकी 'राह देखना' न छोड़ेगा।

शाम के वक़्त राजीव पागल की तरह दौड़कर या तो आत्महत्या या ऐसा ही कोई भीषण कांड कर डालने की तैयारी कर रहा था। इतने में बड़े ज़ोर की आंधी आ गई और मूसलाधार वर्षा होने लगी। ऐसी ज़ोर की आंधी चली कि राजीव को मालूम हुआ मानो अभी उसके सिर पर मकान ही टूट पड़ेगा। फिर जब उसने देखा कि उसके अन्तःकरण के समान बाह्य प्रकृति में भी एक प्रलय-सा उठ खड़ा हुआ है तब उसे कुछ शान्ति-सी मिली। उसे ऐसा लगने लगा कि मानो स्वयं प्रकृति ने ही उसकी तरफ़ से एक तरह का प्रतिकार करना शुरू कर दिया है। वह खुद जितनी शक्ति का प्रयोग करना चाहता था किन्तु कर नहीं सकता था, स्वयं प्रकृति ही आकाश-पाताल एक करके, उससे कहीं ज़्यादा शक्ति का प्रयोग करके, उसका काम पूरा कर रही है।

इसी समय बाहर से किसी ने दरवाज़े पर ज़ोर से धक्का मारा। राजीव ने झटपट उठके किवाड़ खोल दिए। घर में भीगे कपड़े पहने हुए एक स्त्री ने प्रवेश किया। मुंह पर उसके लम्बा घूंघट खिंचा हुआ था। राजीव ने उसी समय पहचान लिया, यह तो महामाया है! उसने आवेग-भरे कंठ से पूछा, "महामाया! तुम चिता से उठ आई हो?"

महामाया ने कहा, "हां, मैंने तुमसे वादा किया था कि मैं तुम्हारे घर जाऊंगी। उसी प्रतिज्ञा का पालन करने आई हूं मैं। किन्तु, राजीव, मैं अब ठीक पहले की वो 'मैं' नहीं हूं, मेरा सब-कुछ बदल गया है। सिर्फ़ मैं अपने मन में वही महामाया हूं। अब भी बोलो, अब भी मैं अपनी चिता में वापस जा सकती हूं, बोलो! और अगर तुम प्रतिज्ञा करो कि कभी भी तुम मेरा घूंघट न खोलोगे, मेरा मुंह न देखोगे, तो मैं ज़िन्दगी-भर तुम्हारे साथ रह सकती हूं।"

मृत्यु के हाथ से वापस मिल जाना ही बहुत है, उस समय और सब बातें तुच्छ मालूम देती हैं। राजीव ने जल्दी से कहा, "तुम जैसे चाहो वैसे रहना। मुझे छोड़ जाओगी तो मैं नहीं जी सकता।"

महामाया ने कहा, "तो अभी चलो। तुम्हारा साहब जहां गया है, वहीं ले चलो मुझे।"

घर में जो कुछ था, सब छोड़-छाड़कर राजीव महामाया को लेकर उस आंधी-मेह में ही निकल पड़ा। ऐसी आंधी चल रही थी कि खड़ा होना कठिन था, आंधी के ज़ोर से कंकड़ियां उड़-उड़कर बन्दूक के छर्रों की तरह देह में चुभने लगीं। दोनों के दोनों इस डर से कि कहीं सिर पर पेड़ न टूट पड़े, सड़क छोड़कर खुले मैदान में होकर चलने लगे। आंधी का ज़ोर पीछे से धक्का देने लगा, मानो इन्हें वह लोकालय से छीनकर प्रलय की ओर उड़ाए लिए जा रही हो।

पाठक इस कहानी को कोरी कवि-कल्पना ही न समझें। जिन दिनों यहां सहमरण की प्रथा प्रचलित थी, उस समय ऐसी घटनाएं कभी-कभी हो जाया करती थीं।

महामाया के हाथ-पैर बांधकर यथासमय चिता में रखके उसमें आग लगा दी गई थी। आग भी ख़ूब ज़ोरों से जल उठी थी। लेकिन, उसी वक़्त बड़े ज़ोर की आंधी आई और मूसलाधार पानी पड़ने लगा। जो दाह करने आए थे वे जल्दी से गंगायात्रीवाली कोठरी में जा छुपे, और भीतर से किवाड़ बन्द कर लिए। सभी जानते हैं कि ऐसे आंधी-मेह में चिता बुझते देर नहीं लगती। इस बीच में उसके हाथों में बंधा हुआ कपड़ा जलकर भस्म हो गया और हाथ मुक्त हो गए। असह्य दाह-वेदना में मुंह से वह कुछ बोल न सकी, तुरत उठकर बैठ गई; और पैर की रस्सी खोल डाली। उसके बाद जगह-जगह जली हुई साड़ी से किसी तरह देह ढंककर लगभग नंगी-सी चिता से उठकर पहले वह अपने घर गई। घर में कोई था नहीं। सब श्मशान में थे। दीया जलाकर एक धोती पहनकर महामाया ने एक बार दर्पण में अपना मुंह देखा, और देखते ही दर्पण ज़मीन से दे मारा। फिर कुछ देर खड़ी-खड़ी कुछ सोचती रही। उसके बाद मुंह पर लम्बा घूंघट खींचा और राजीव के घर चल दी। इसके बाद जो कुछ हुआ, सो पाठकों को मालूम ही है।

महामाया अब राजीव के पास ही रहती है, किन्तु राजीव के जीवन में सुख नहीं। ज़्यादा कुछ नहीं, दोनों के बीच सिर्फ़ एक घूंघट का व्यवधान है।

परन्तु वह घूंघट मृत्यु के समान चिरस्थायी है, और मृत्यु से भी बढ़कर वेदनादायक है। इसलिए कि निराशा मृत्यु की विच्छेद-वेदना को धीरे-धीरे अचेतन कर डालती है; किन्तु इस घूंघट के विच्छेद ने एक जीती-जागती आशा को प्रतिदिन-प्रतिक्षण पीड़ित और व्यथित कर रखा है।

एक तो वैसे ही महामाया की हमेशा से निस्तब्ध-नीरव प्रकृति है, उस पर उसके इस घूंघट के भीतर की निस्तब्धता पहले से दूनी असह्य मालूम होने लगी। राजीव अब ऐसे रहने लगा जैसे उसे मौत की एक चलती-फिरती पुतली ने घेर रखा हो। वह पुतली उसके जीवन को आलिंगन करके प्रतिदिन मानो उसे क्षीण से क्षीणतर किए दे रही हो। राजीव पहले जिस महामाया को जानता था उसे तो उसने खो ही दिया। अब तो वह सिर्फ़ उसकी सुन्दर बाल्य-स्मृति को ही अपने जीवन का सहारा बनाकर जी सकता है, किन्तु उसमें भी यह घूंघटवाली पुतली हमेशा उसके आसपास रहकर भरसक बाधा पहुंचाती रहती है। वह सोचता है, 'आदमी आदमी में स्वभाव से ही काफ़ी अन्तर है; और ख़ासकर महामाया तो पुराण में वर्णित कर्ण की तरह ही स्वाभाविक कवचधारिणी है। वह अपने स्वभाव के चारों तरफ़ एक आवरण लेकर ही पैदा हुई है। उसके बाद, बीच में, फिर मानो वह और एक बार जन्म लेकर फिर और एक आवरण ले आई है।' रात-दिन पास रहती हुई भी वह इतनी दूर चली आई है कि मानो राजीव से उसके पास तक नहीं पहुंचा जाता, मानो वह केवल एक माया की लक़ीर के बाहर बैठकर अतृप्त तृषित हृदय से इस सूक्ष्म किन्तु अटल रहस्य को समझने की कोशिश कर रहा है, जैसे नक्षत्र प्रत्येक रात्रि में निद्राहीन निर्निमेष नत नेत्रों से अन्धकार रजनी का रहस्य जानने के निष्फल प्रयास में रात बिता दिया करते हैं। इस तरह, ये दोनों संगरहित साथी भिन्न-भिन्न प्राणी के रूप में बहुत दिनों तक एक साथ बने रहे।

एक दिन, वर्षा ऋतु में, शुक्लपक्ष की दशमी की रात को बादल फटे और चांद दिखाई दिया। स्थिर चांदनी रात सोती हुई पृथ्वी के सिरहाने बैठी जागरण कर

रही थी। उस रात को बिछौने से उठकर राजीव भी अपनी खिड़की के पास जा बैठा। वर्षा और ग्रीष्म के संगम से थके हुए बगीचे में से एक तरह की सुगन्ध और झिल्लियों की 'चिक्-चिक्' आवाज़ कमरे में आकर उसके मनोराज्य में एक तरह की अराजकता फैला रही थी। राजीव देख रहा था, बगीचे के अंधेरे में खड़े हुए पेड़ों के उस पार शान्त स्थिर सरोवर मंजे हुए चांदी के थाल-सा चमचमा रहा है। आदमी ऐसे समय में साफ़-साफ़ कोई बात सोच सकता है या नहीं, बताना मुश्किल है। किन्तु हां, इतना कहा जा सकता है कि उसका सम्पूर्ण अन्तःकरण किसी एक दिशा में प्रवाहित हुआ करता है, उपवन की तरह एक गन्धोच्छ्वास छोड़ता रहता है। मालूम नहीं, राजीव ने क्या-क्या सोचा। उसे मालूम हुआ कि मानो आज उसके पहले के सब नियम टूट गए हैं। आज इस वर्षा की रात ने उसके सामने अपना बादल का घूंघट खोल दिया है। और आज की यह रजनी पहले की उस महामाया के समान निस्तब्ध, सुन्दर और सुगम्भीर हो उठी है। होते-होते यकायक ऐसा हुआ कि राजीव का सारा अस्तित्व ही उस महामाया की ओर दौड़ने लगा। स्वप्न-चालित की तरह उठकर राजीव ने महामाया के शयन-घर में प्रवेश किया। महामाया उस समय सो रही थी।

राजीव पास जाकर खड़ा हो गया। मुंह झुकाकर देखा, महामाया के खुले हुए मुंह पर चांदनी आ पड़ी है। किन्तु हाय, यह क्या! वह चिरपरिचित मुंह कहां गया! चितानल की शिखा अपनी निष्ठुर लहलहाती हुई रसना से महामाया के बाएं कपोल का थोड़ा-सा सौन्दर्य चाटकर वहां हमेशा के लिए अपनी राक्षसी क्षुधा का निशान छोड़ गई है!

शायद राजीव चौंक पड़ा था। शायद एक अव्यक्त ध्वनि भी उसके मुंह से निकल पड़ी होगी। महामाया तुरत चौंककर जाग उठी। देखा कि सामने राजीव खड़ा है। उसी घड़ी वह घूंघट खींचकर, पलंग छोड़कर, एकदम उठ खड़ी हुई। राजीव समझ गया कि अब उसके सिर पर बिजली टूटना चाहती है। वह ज़मीन पर गिर पड़ा, और महामाया के पांव छूकर बोला, "मुझे माफ़ करो, महामाया, मुझे माफ़ करो।"

महामाया कुछ भी उत्तर न देकर, एक क्षण के लिए भी पीछे की ओर न मुड़कर, घर से बाहर निकल गई। राजीव के घर फिर वह कभी नहीं आई। फिर

उसका कहीं भी पता न चला। उस क्षमाहीन चिर-प्रस्थान का क्रोधानल राजीव के सम्पूर्ण जीवन पर हमेशा के लिए एक सुदीर्घ दग्ध-चिह्न छोड़ गया।

(मूल रचना : फागुन, 1949)

वसीयतनामा

जो यह कहते हैं कि 'गुरुचरण के मरते वक़्त उनकी दूसरी स्त्री घर में बैठी ताश खेल रही थी' वे विश्व-निन्दक हैं, राई का पहाड़ बना देते हैं। असल में बहूजी तब एक पांव की पालथी पर बैठकर दूसरे पैर का घुटना ठोड़ी से लगाए कच्ची इमली, हरी मिर्च और मछली की चरपरी भुजिया के साथ ख़ूब मन लगाके बासी भात खा रही थीं। बाहर से जब पुकार पड़ी तो चबाए हुए डंठल और जूठी पत्तल को फेंककर गम्भीर मुंह बनाकर वे बोलीं, "ए राम, बासी भात के दो गस्से पेट में डाल लूं, इतनी भी छुट्टी नहीं!"

इधर जब डाक्टर ने जवाब दे दिया तब गुरुचरण के भाई रामलाल ने रोगी के पास बैठकर धीरे-से कहा, "दद्दा, अगर तुम्हारी वसीयतनामा लिखाने की तबीयत हो तो बताओ।"

गुरुचरण ने बहुत ही धीमे स्वर में कहा, "मैं कहता हूं, तुम लिख लो।"

रामलाल काग़ज़ और दावात-क़लम लेकर बैठ गए। गुरुचरण कहने लगे, "मैं अपनी स्थावर और जंगम तमाम सम्पत्ति अपनी धर्मपत्नी श्रीमती वरदासुन्दरी को देता हूं।" रामलाल ने लिखा तो सही, पर लिखते हुए उनकी क़लम न चलती थी। उन्हें बड़ी उम्मीद थी कि उनका इकलौता बेटा नवद्वीप ही अपने पुत्रहीन ताऊजी की तमाम जायदाद का उत्तराधिकारी होगा। यद्यपि दोनों भाई अलहदा थे, तो भी इसी आशा में नवद्वीप की मां ने नवद्वीप को किसी भी तरह नौकरी नहीं करने दी, जल्दी से उसका ब्याह भी कर दिया। और वह ब्याह निष्फल भी नहीं गया। किन्तु फिर भी रामलाल ने सब लिखा और दस्तख़त कराने के लिए क़लम भइया के हाथ में दे दी। गुरुचरण ने निर्जीव हाथ से जो दस्तख़त किए, वह कांपती हुई टेढ़ी-मेढ़ी लक़ीरें थीं या दस्तख़त, समझना मुश्किल था।

बासी भात खाकर श्रीमती वरदासुन्दरी जब उस कमरे में आईं, तब गुरुचरण की ज़बान बन्द हो चुकी थी। वरदा रोने लगीं।

जो बहुत ज़्यादा उम्मीद के बाद भी जायदाद से वंचित रह गए, वे कहने लगे, 'दिखावटी रोना है!' किन्तु यह बात विश्वास-योग्य नहीं।

वसीयतनामे का हाल सुनते ही नवद्वीप की मां दौड़ी आई; और शोर मचा दिया, "मरते समय बुद्धि बिगड़ जाती है। ऐसे अच्छे भतीजे के रहते..."

रामलाल यद्यपि स्त्री के प्रति बहुत ज़्यादा श्रद्धा रखते थे, इतनी ज़्यादा कि दूसरे शब्दों में उसे 'डर' भी कहा जा सकता है, किन्तु उनसे भी न रहा गया। वे लपकके आगे बढ़े और बोले, "अरी, तेरी बुद्धि तो नहीं बिगड़ी, फिर तू क्यों ऐसा करती है? दद्दा चले गए, पर मैं तो हूं। तुझे जो कुछ कहना हो, किसी मौक़े से मुझसे ही कह लेना, अभी मौक़ा नहीं है।"

नवद्वीप को इसकी ख़बर लगी, वह भी आ पहुंचा। पर तब तक 'ताऊजी' परलोक सिधार चुके थे। नवद्वीप ने मृत व्यक्ति को धमकी देकर कहा, "देख लूंगा, मुंह में आग कौन देता है! मैं अगर श्राद्ध-शान्ति करूं तो मेरा नाम नवद्वीप नहीं।"

किन्तु गुरुचरण यह सब-कुछ भी नहीं मानते थे। वे डफ साहब के छात्र थे। शास्त्र के अनुसार जो चीज़ें सबसे ज़्यादा अभक्ष्य होतीं, उन्हीं के खाने में उन्हें विशेष तृप्ति होती थी। लोग उन्हें ईसाई कहते, तो वे दांतों तले जीभ दबाकर कहते, 'राम राम, मैं अगर ईसाई होऊं तो गऊ का मांस खाऊं!' जीवित दशा में जिसकी यह हालत थी, मरने के बाद तुरन्त ही वह पिंड-नाश के डर से ज़रा भी विचलित होगा, यह सम्भव नहीं। पर मौजूदा हालत में बदला लेने का इसके सिवा और कोई चारा ही न था। नवद्वीप को एक सहारा मिल गया, वह यह कि परलोक में जाकर उसके 'ताऊजी' अवश्य ही भूखों मरेंगे। इस लोक में 'ताऊजी' की जायदाद न मिलने पर भी किसी तरह पेट तो भर जाता है; किन्तु 'ताऊजी' जिस लोक में गए हैं, वहां भीख मांगने पर भी पिंड नहीं मिलता। यहां ज़िन्दा रहने में भी बहुत-से लाभ हैं।

रामलाल ने वरदासुन्दरी के पास जाकर कहा, "भाभी, भइया तुम्हीं को सब-कुछ दे गए हैं। यह लो वसीयतनामा उनका। लोहे के सन्दूक में इसे हिफ़ाज़त से रख देना।"

विधवा उस समय लम्बे-लम्बे पद रच-रचकर ऊंचे स्वर से विलाप कर रही

थी, दो-चार दासियां भी उसके स्वर में स्वर मिलाकर और बीच-बीच में दो-चार नए शब्द जोड़कर शोक-संगीत से सारे गांव की निद्रा दूर कर रही थीं। उसके बीच में इस काग़ज़ के टुकड़े ने आकर कम-से-कम तान तो तोड़ ही दी। और भावों का भी पूर्वापर सम्बन्ध टूट गया। मामले ने अब इस प्रकार असंलग्न रूप धारण किया, "हाय, मेरी अम्मा री! हाय, मेरी तक़दीर फूट गई री-ई! अरी मेरी अम्मा री-ई! हाय! हाय! – देवरजी, यह लिखावट किसी है, तुम्हारी? हाय, हाय, ऐसे जतन से अब कौन रखेगा! हाय, मेरी ओर अब मुंह उठाकर कौन देखेगा! हाय! अरी मेरी अम्मा री-ई! – अरे ज़रा ठहर जा, ज़्यादा चिल्ला मत, बात सुन लेने दे। अरी, मेरी मैया री, मैं भी क्यों नहीं मर गई री-ई! मैं क्यों ज़िन्दा रही री-ई – हाय!"

रामलाल ने मन-ही-मन गहरी सांस लेकर कहा, 'यह तो हम लोगों की तक़दीर का दोष है।'

घर जाकर नवद्वीप की मां रामलाल के सिर हो ली। लदी हुई गाड़ी समेत अभागे बैल जैसे दलदल में फंसकर गाड़ीवान के हज़ारों डंडे खाकर भी देर तक बेबसी से चुपचाप खड़े रहते हैं, रामलाल भी ठीक उसी तरह देर तक चुपचाप सब सहते रहे। आख़िरकार धीमे स्वर में बोले, "मेरा क्या क़सूर है? मैं तो दद्दा नहीं था?"

नवद्वीप की मां फुसकारकर बोली, "नहीं जी, तुम बड़े भले आदमी हो! तुम कुछ नहीं जानते! दद्दा ने कहा, लिखो, भाई वैसे ही लिखते गए! तुम सब एक-से हो! तुम भी बखत आने पर ऐसी ही बुद्धिमानी करोगे, मुझे मालूम है! मेरे मरते ही किसी मुंहजली डाइन को घर में ले आओगे; और मेरे नन्हें-से नवद्वीप को गहरे पानी में बहा जाओगे। पर इसके लिए बेफ़िकर रहो, मैं जल्दी नहीं मरने की।"

इस तरह रामलाल के भावी अत्याचारों का ज़िक्र कर-करके गृहिणी उत्तरोत्तर ज़्यादा गरम होने लगीं। रामलाल निश्चित जानते थे कि स्त्री की इन उत्कट काल्पनिक आशंकाओं को दूर करने के लिए अगर उन्होंने ज़रा भी जीभ हिलाई, तो उलटा नतीजा होगा। इस डर से वे अपराधी की तरह चुप बने रहे, मानो उनसे वे दोष बन ही गए हों, मानो वे नन्हें-से नवद्वीप को कुछ न देकर अपनी

भावी पत्नी के नाम तमाम जायदाद का वसीयतनामा लिखकर मर ही चुके हों, और अब बिना इस क़सूर को मंजूर किए कोई चारा ही नहीं!

इतने में नवद्वीप अपने बुद्धिमान मित्रों से देर तक सलाह-मशविरा करके घर आया; और मां से बोला, "मां, कोई चिन्ता नहीं। यह जायदाद मुझे ही मिलेगी। कुछ दिन के लिए बापूजी को यहां से कहीं रवाना कर देना चाहिए। वे रहेंगे तो सब गुड़ गोबर हो जाएगा।"

नवद्वीप के बाप की बुद्धि पर नवद्वीप की मां को ज़रा भी श्रद्धा नहीं थी, इसलिए लड़के की बात उन्हें भी युक्तिसंगत मालूम हुई।

आख़िर को रात-दिन की झकझक और ताड़ना से तंग आकर 'बिलकुल अनावश्यक' और 'सब काम चौपट करनेवाला' कमअक्ल बाप किसी बहाने से कुछ दिन के लिए काशी चला गया।

थोड़े ही दिनों में वरदासुन्दरी और नवद्वीप दोनों एक-दूसरे पर जाली वसीयतनामा बनाने का मुक़दमा दायर करके अदालत में पहुंचे। नवद्वीप ने जो अपने नाम का वसीयतनामा निकाला, उसके दस्तख़त देखने से साफ़ मालूम पड़ता है कि वे गुरुचरण के ही हैं। उसके दो-एक गवाह भी मिल गए। किन्तु वरदा की तरफ़ नवद्वीप के पिता ही एकमात्र गवाह थे। और, दस्तख़त को तो कोई समझ ही नहीं सकता था। वरदा का एक भाई है, जो उन्हीं के घर रहता है, उसने कहा, "जीजी, तुम कुछ सोच मत करो। मैं खुद गवाही दूंगा, और भी बहुत-से तलाश कर लाऊंगा।"

मामला जब पूरी तरह से पेचीदा हो चुका तो नवद्वीप की मां ने नवद्वीप के बाप को काशी से चले आने के लिए लिख भेजा। बेचारा आज्ञाकारी भलामानस पति बैग और छाता हाथ में लिए ठीक वक़्त पर हाज़िर हुआ। और, स्त्री से ज़रा कुछ रसालाप करने की भी कोशिश की, हाथ जोड़कर हंसता हुआ बोला, "गुलाम हाज़िर है, महारानी साहिबा का क्या हुक्म है, फरमाया जाए।"

गृहिणी ने सिर हिलाकर कहा, "बस, बस, रहने दो! देख लिया। यह ऊपरी हंसी-मज़ाक़ अब रहने दो। इतने दिन काशी में बिता आए, कभी एक दिन के लिए याद भी किया?" इत्यादि।

इसी तरह दोनों तरफ़ से बहुत देर तक एक-दूसरे पर प्रेम का दोषारोपण होता रहा, और अन्त में वह व्यक्ति को छोड़कर जाति पर आ पड़ा। नवद्वीप की मां ने पुरुषों के प्रेम की मुसलमानों के मुरगी-वात्सल्य से तुलना की। नवद्वीप के बाप ने कहा, "स्त्रियों के मुंह में शहद होता है, और हृदय में छुरी!"

किन्तु यह बताना मुश्किल है कि इस मौखिक मिठास का स्वाद नवद्वीप के बाप को कब मिला!

इसी बीच में रामलाल को अदालत से अचानक एक दिन गवाही का सफ़ीना मिला। बेचारे के हाथ-पांव ढीले पड़ गए। रामलाल सफ़ीना पढ़कर उसका मतलब समझने की कोशिश कर रहे थे, इतने में नवद्वीप की मां ने आकर रोना शुरू कर दिया। कहने लगी, "कलमुंही डाकिन मेरे लाल को सिर्फ़ ताऊ की जायदाद से ही कोरा रखना चाहती हो सो नहीं, वह तो उसे जेल भिजवाने की तैयारी कर रही है!"

शुरू से अन्त तक धीरे-धीरे सब बातें समझकर रामलाल दंग रह गए। और झुंझलाकर ज़ोर से बोल उठे, "अरे, तुम लोगों ने यह क्या सत्यानाश कर डाला!"

गृहिणी ने भी क्रमशः अपना स्वरूप प्रकट किया, बोली, "क्यों, इसमें नवद्वीप का क्या दोष! वह अपने ताऊ की जायदाद न ले? यों ही छोड़ दे?"

'भला एक बाहर की लड़की, पति की आयु हड़पनेवाली डाइन आकर घर की मालकिन बन बैठे, और घर का लड़का चुपचाप उसे देखता रहे! कौन ऐसा सत्कुल-प्रदीप कनकचन्द्र वंशधर होगा जो ऐसा अनाचार सह लेगा? मान लो, मरते समय, और डाकिन के मन्त्र फूंकते रहने से अगर किसी मूढ़मति ताऊ की बुद्धि भ्रष्ट हो जाए, तो क्या बुद्धिमान भतीजा उसे अपने हाथ से नहीं सुधार लेता? इसमें कौन-सा अन्याय हुआ!'

हतबुद्धि रामलाल ने जब देखा कि उनकी स्त्री और पुत्र दोनों मिलकर कभी तर्जन-गर्जन और कभी अश्रु-वर्षण कर रहे हैं, तब वे तक़दीर ठोंककर चुपचाप बैठ गए; बेचारे ने अन्न-जल तक छोड़ दिया।

इस तरह दो दिन चुपचाप बिना कुछ खाए-पीए बीत गए।

मुक़दमे का दिन आया। इस बीच में नवद्वीप ने वरदा के ममेरे भाई को भय

और प्रलोभन दिखाकर ऐसा वश में कर लिया कि उसने बड़ी आसानी से नवद्वीप की तरफ़ गवाही दे दी।

जयश्री जब वरदा को त्यागकर दूसरी ओर जाने की तैयारी कर रही थी तब रामलाल की पुकार हुई।

दो दिन से खाना-पीना छोड़ देने से वृद्ध रामलाल की बड़ी बुरी हालत थी। उनके ओठ सूख गए थे, ज़बान सूखकर तालू से लग गई थी। अधमरे वृद्ध रामलाल ने अपनी कांपती हुई शिथिल उंगलियों से गवाह के कठघरे को ज़ोर से दबाकर पकड़ लिया। और, चतुर बैरिस्टर बड़े कौशल से 'पेट की बात' निकालने के लिए जिरह करने लगे, यानी बहुत दूर से शुरू करके बड़ी सावधानी और अत्यन्त धीर किन्तु वक्रगति से प्रसंग के पास पहुंचने की कोशिश करने लगे।

तब रामलाल ने जज की ओर देखते हुए हाथ जोड़कर कहा, "हजूर, मैं बूढ़ा आदमी हूं, बहुत कमज़ोर हूं, ज़्यादा बोलने का दम नहीं मुझमें। मुझे जो कुछ कहना है, संक्षेप में कहे देता हूं। मेरे भाई स्वर्गीय गुरुचरण चक्रवर्ती मरते समय अपनी सारी जायदाद अपनी धर्मपत्नी श्रीमती वरदासुन्दरी को दे गए हैं। वसीयतनामा मैंने अपने हाथ से लिखा था और भाई साहब ने उस पर दस्तख़त किए थे। मेरे पुत्र नवद्वीप ने जो वसीयतनामा दिखाया है वह झूठा है।" इतना कहकर रामलाल कांपने लगे और तुरन्त ही मूर्छित हो गए।

चतुर बैरिस्टर ने बड़े गर्व और शेखी के साथ बगल में बैठे हुए अटर्नी से कहा, "बाइ जोव! देखा, जिरह में ऐसा कसकर फांसा कि कबूल करते ही बना!"

ममेरा भाई जीजी के पास दौड़ा गया, और बोला, 'बुड्ढे ने तो सब मिट्टी ही कर दिया था, मेरी गवाही से मुक़दमा सम्हल गया।"

उसकी जीजी ने कहा, "अच्छा! आदमी को कौन पहचान सकता है! मैं तो बुड्ढे को भला आदमी जानती थी।"

जेल गए हुए नवद्वीप के बुद्धिमान मित्रों ने ख़ूब सोच-विचारकर निश्चय किया कि 'बुड्ढे ने ज़रूर डरकर ऐसी गवाही दे डाली है। कठघरे पर जाकर बुड्ढा

बुद्धि को ठीक नहीं रख सका। ऐसा ठोस बेवकूफ़ सारे शहर में ढूंढ़े न मिलेगा!'

इधर घर लौटते-लौटते रामलाल को ज़ोरों का सन्निपात हो गया। और दो-चार दिन बाद ही, पुत्र का नाम लेते-लेते, बेचारा सर्वकार्य-विध्वंसकारी नवद्वीप का अनावश्यक निर्बोध पिता इस संसार से सदा के लिए विदा हो गया।

घरवालों में से किसी-किसी ने कहा, "और कुछ दिन पहले ही चला जाता तो अच्छा था।"

जिस-जिसने यह बात कही थी, उसका नाम मैं यहां नहीं लेना चाहता।

(मूल रचना : 1948)

वेदान्तप्रभा

लेखक-जाति की प्रकृति के अनुसार ताराचन्द ज़रा कुछ संकोचशील और मुंहचोर आदमी थे। लोगों के सामने निकलने में उनका सिर चकराता था। घर बैठे क़लम चलाते-चलाते उनकी दृष्टि घट गई, पीठ झुक गई, किन्तु फिर भी दुनियादारी का तर्जुबा अभी बहुत ही थोड़ा है। लोक-व्यवहार के बंधे हुए बोल स्वभावतः उन्हें आते ही न थे, और इसलिए गृह-दुर्ग से बाहर वे अपने को किसी भी तरह सुरक्षित न समझते थे।

लोग भी उन्हें एक अजीब ही चीज़ समझते थे, और इसमें उनका कोई दोष भी नहीं था। मान लो, पहली मुलाक़ात में किसी भलेमानस ने उनसे बड़ी प्रसन्नता से कहा कि 'आपके साथ मिलकर मुझे इतनी ख़ुशी हुई कि जिसकी हद नहीं।' ताराचन्द चुपचाप बैठे बड़े ध्यान के साथ अपनी दाहिनी हथेली देखने लगे। सहसा इस नीरवता का अर्थ ऐसा मालूम होता है कि 'हां, तुम्हें जो ख़ुशी हुई सो हो सकती है, किन्तु मुझे भी ख़ुशी हुई है, ऐसा झूठ मैं कैसे मुंह से निकालूं, यही सोच रहा हूं।'

दोपहर के लिए निमन्त्रण देकर लखपति घर का मालिक जब तीसरे पहर थाली परोसवाना शुरू कराता, और बीच-बीच में विनीत प्रार्थना के साथ भोज्य पदार्थ की तुच्छता के विषय में ताराचन्द को सम्बोधनपूर्वक कहता रहता कि 'कुछ भी न बन सका, ग़रीब की रूखी-सूखी है, विदुर का आयोजन समझिए, आपको सिर्फ़ तकलीफ़ देना है' तब भी ताराचन्द ऐसे ही चुप बने रहते जैसे उसकी बात इतनी सही है कि उसका जवाब नहीं दिया जा सकता।

कभी-कभी ऐसा भी होता कि जब कोई भलामानस ताराचन्द से आकर कहता कि उनके समान अथाह पांडित्य इस ज़माने में मिलना मुश्किल है, सरस्वती अपना पद्मासन त्यागकर उनके कंठ में आ बसी हैं, तब भी ताराचन्द उसका ज़रा भी प्रतिवाद नहीं क़रते; मानो सचमुच ही सरस्वती उसका कंठ घेरे बैठी हों। ताराचन्द को यह जानना चाहिए कि मुंह पर जो प्रशंसा करते हैं, और दूसरों के

सामने जो अपनी निन्दा में प्रवृत्त होते हैं, वे दूसरों से जवाब पाने की आशा से ही बहुत कुछ असंकोच अत्युक्ति कर डालते हैं। दूसरा पक्ष यदि शुरू से आख़िर तक तमाम बातें यों ही सुनता रहे, तो वक्ता अपने को ठगाया गया समझकर बहुत ही दुःखित होता है। बल्कि उस हालत में लोग अपनी बात झूठ साबित होने पर भी उलटे ख़ुश ही होते हैं।

किन्तु घर के आदमियों के साथ ताराचन्द का व्यवहार दूसरी तरह का है, और तो क्या, उनकी ख़ास स्त्री दाक्षायणी भी उनके साथ बातों में नहीं जीत पातीं। उन्हें बात-बात पर कहना पड़ता है, 'रहने दो, रहने दो, मैं हारी, तुम जीते, बस! मुझे अभी और भी बहुत-से काम करने हैं।' वाक्-युद्ध में अपनी स्त्री के मुंह से हार मनवा लें, ऐसी शक्ति और इतना सौभाग्य भला कितने पतियों को प्राप्त है?

ताराचन्द के दिन बड़े मज़े में बीत रहे थे। दाक्षायणी को इस बात का पक्का विश्वास था कि विद्या-बुद्धि और शक्ति में उसके पति के बराबरी का कोई नहीं है; और इस बात को वह मुंह खोलकर कह भी डालती है। सुनकर ताराचन्द कहते, 'तुम्हारे एक के सिवा दूसरा पति ही नहीं, फिर तुलना करो भी तो किससे?' इस पर दाक्षायणी बहुत ग़ुस्सा हो जाती।

दाक्षायणी को सिर्फ़ एक ही बात का अफसोस था, वह यह कि उसके पति की असाधारण प्रतिभा का प्रकाश पाठक-समाज तक नहीं पहुंच पाता, और न पति की तरफ़ से इस बारे में कुछ कोशिश ही होती है। ताराचन्द जो लिखते हैं उसे छपाते नहीं।

दाक्षायणी कभी-कभी अनुरोध करके पति के मुंह से उनकी रचना सुना करती, और जितना ही उसकी समझ में न आता उतनी ही वह आश्चर्य में पड़ जाती। उसने 'रामायण', 'महाभारत', 'कविकंकण-चंडी' पढ़ा है और कथाएं भी सुनी हैं – उनका सब-कुछ पानी की तरह सरलता में समझ में आ जाता है, उन्हें निरक्षर लोग भी आसानी से समझ लेते हैं, किन्तु उसके पति की रचना के समान पूरी तरह से न समझ में आनेवाली ऐसी आश्चर्य की चीज़ उसने पहले कभी नहीं सुनी।

वह मन-ही-मन सोचती, 'जब यह पुस्तक छपकर निकलेगी और कोई भी

जब उसका एक अक्षर भी न समझ सकेगा, तब देश-भर के लोग आश्चर्य में दंग रह जाएंगे।

उसने हज़ारों बार पति से कहा, "इन सबको तुम जल्दी छपा क्यों नहीं डालते!"

पति कहते, "पुस्तक छपाने के विषय में भगवान मनु स्वयं कह गए हैं, प्रवृत्तिरेषा भूतानां निवृत्तिस्तु महाफला।"

ताराचन्द की चार सन्तान हैं, और चारों ही कन्या। दाक्षायणी समझती है कि यह गर्भधारिणी की ही त्रुटि है; और इसके लिए अपने को वह अपने प्रतिभाशाली पति के तईं बिलकुल अयोग्य स्त्री समझती है। जो पति बात की बात में ऐसे दुरूह ग्रन्थों की रचना कर सकता है, भला उसकी स्त्री के गर्भ से लड़कियों के सिवा और कुछ न हो, स्त्री के लिए इससे बढ़कर अपटुता और क्या हो सकती है!

सबसे बड़ी लड़की जब पिता की छाती तक ऊंची हो गई तब ताराचन्द की निश्चिन्तता जाती रही। और तब उन्हें होश आया कि एक-एक करके चारों लड़कियों का ब्याह करना है; और उसके लिए काफ़ी रुपयों की ज़रूरत है।

गृहिणी अत्यन्त निश्चिन्तता से बोली, "तुम अगर ज़रा एक बार पूरा मन लगा दो, तो फिर किसी बात की चिन्ता ही न रहे।"

ताराचन्द कुछ व्यग्रता से पूछ उठे, "सचमुच! अच्छा, बताओ तो क्या करना होगा?"

दाक्षायणी ने संशयरहित निरुद्विग्न भाव से उत्तर दिया, "कलकत्ता चले जाओ, और अपनी पुस्तकें छपाओ। लोग तुम्हें जान जाएं, फिर देखना रुपये अपने-आप आते हैं या नहीं!"

स्त्री के आश्वासन से ताराचन्द को भी धीरे-धीरे आश्वासन मिलने लगा, और मन में निश्चय-सा हो गया कि घर बैठे-बैठे अब तक उन्होंने जितना लिखा है, उससे उनका अकेले का ही नहीं बल्कि मुहल्ले-भर के लोगों का कन्या-दान से उद्धार किया जा सकता है।

कलकत्ता जाते समय एक ज़बरदस्त दिक्कत उठ खड़ी हुई। दाक्षायणी से अपने निरीह और निःसहाय पति को किसी भी तरह अकेला छोड़ते नहीं बना। जाने को तो वे अकेले ही जा सकते हैं, पर असल सवाल यह है कि वहां उन्हें खिला-पिलाकर और नित्य-नैमित्तिक कर्तव्यों की याद दिलाकर दुनियादारी के विविध उपद्रवों से उनकी रक्षा कौन करेगा? और दूसरी तरफ़ परेशानी यह कि अनभिज्ञ पति भी अनजान जगह में स्त्री-कन्याओं को साथ ले जाने में डरते हैं और राजी नहीं होते। अन्त में दाक्षायणी ने मुहल्ले के एक चतुर आदमी को पति के नित्य अभ्यासों के बारे में हज़ारों उपदेश देकर लाचारी से उसी को अपने पद पर नियुक्त किया, और पति को बहुत-बहुत सौगन्ध दिलाकर, नाना प्रकार के ताबीज़-गंडे पहनाकर परदेश रवाना कर दिया। और फिर खुद घर में पछाड़ खाकर बिस्तर पर गिर पड़ी और रोने लगी।

कलकत्ता आकर ताराचन्द ने अपने चतुर साथी की सहायता से 'वेदान्त-प्रभाकर' प्रकाशित किया। और इस तरह दाक्षायणी के गहने गिरवी रखकर जो कुछ रुपये मिले थे उसमें से अधिकांश ख़र्च हो गए।

बिक्री के लिए किताबों की दुकानों पर और समालोचना के लिए देश के तमाम छोटे-बड़े सम्पादकों के पास 'वेदान्त-प्रभाकर' भेजा गया। डाक से स्त्री को भी एक प्रति रजिस्टरी करके भेज दी। रजिस्टरी इस डर से कि बीच ही में कहीं कोई उड़ा न ले।

गृहिणी ने जिस दिन छपी हुई किताब के ऊपर के पृष्ठ पर छापे के अक्षरों में अपने पति का नाम छपा देखा उस दिन मुहल्ले की तमाम लड़कियों को निमन्त्रण देकर खिलाया-पिलाया। और जहां सबके बैठने का स्थान था वहां किताब पड़ी रहने दी।

जब सब आकर बैठ गईं, तो ऊंचे स्वर में बोली, "अरे, यह पुस्तक यहां किसने रख दी! बेटी अन्नदा, ज़रा उस किताब को उठा देना, ऊपर उठाकर रख दूं।" इन लड़कियों में अन्नदा पढ़ना जानती थी। दाक्षायणी ने पुस्तक उठाकर टीन के बक्स पर रख दी, और कुछ देर बाद एक चीज़ उतारने में उसे हाथ से गिरा दिया, और फिर, अपनी बड़ी लड़की का नाम लेकर बोली, "सुशी,

बापूजी की पुस्तक पढ़ना चाहती है क्या? तो लेती क्यों नहीं, पढ़-पढ़, इसमें शरम काहे की!" किन्तु बापूजी की पुस्तक पढ़ने के लिए सुशीला को बिलकुल ही आग्रह न था। कुछ देर बाद फिर उसे डांटकर कहने लगी, "छिः, बेटी, बापूजी की किताब इस तरह बिगाड़ते नहीं, अपनी कमला जीजी के हाथ में दे दे, वह उस आलमारी के ऊपर रख देगी।"

सचमुच, पुस्तक के अगर ज़रा भी कहीं चेतना होती, तो इस एक ही दिन के उत्पीड़न से वेदान्त का प्राणान्त हो जाता।

एक-एक करके सब समाचार-पत्रों में समालोचना निकलने लगी।

गृहिणी ने जो सोचा था वह बहुत अंशों में सत्य साबित होने लगा। ग्रन्थ का एक भी अक्षर न समझ में आने के कारण देश-भर के समालोचक अत्यन्त विह्वल हो उठे। सभी ने एक स्वर से कहा कि 'ऐसा सारगर्भित ग्रन्थ आज तक प्रकाशित नहीं हुआ।' जो समालोचक रेनॉल्ड्से के 'लन्दन रहस्य' के हिन्दी अनुवाद के सिवा और कोई पुस्तक छूते तक नहीं थे उन्होंने बड़े उत्साह के साथ लिखा, 'देश के ढेर-के-ढेर नाटक-उपन्यासों के बदले यदि इस श्रेणी के दो-एक ग्रन्थ बीच-बीच में निकलते रहें, तो हमारा साहित्य सचमुच ही पढ़ने योग्य हो जाए।'

जिस व्यक्ति ने वंश-परम्परा से वेदान्त का कभी नाम भी न सुना था, उसी ने सिर्फ़ यह लिखा कि 'लेखक के साथ कई स्थलों पर हमारा मतभेद है, स्थानाभाव के कारण यहां उनका उल्लेख नहीं किया जा सका; किन्तु फिर भी, साधारण तौर पर यह कहा जा सकता है कि ग्रन्थकार के साथ हमारे मत का बहुत जगह सामंजस्य पाया जाता है।' बात अगर सच होती, तो कम-से-कम ग्रन्थ को जला देना ही उचित था।

देश में जहां कहीं जितने भी पुस्तकालय थे और नहीं थे, उन सबके मन्त्रियों ने मुद्रा के बदले मुद्रांकित पत्र भेजकर ताराचन्द से ग्रन्थ की भिक्षा चाही। बहुतों ने लिख भेजा कि 'आपके इस विचारशील ग्रन्थ से देश का बड़ा भारी अभाव दूर हो गया।' 'विचारशील ग्रन्थ' किसे कहते हैं, ताराचन्द ठीक-ठीक समझ न सके, किन्तु फिर भी उन्होंने पुलकित चित्त से गांठ से डाक ख़र्च देकर हर एक पुस्तकालय को 'वेदान्तप्रभाकर' भेज दिया।

इस तरह बेशुमार तारीफ़ों की वर्षा से ताराचन्द जब बहुत ज़्यादा खुश हो

रहे थे, ठीक उसी मौक़े पर उन्हें घर की एक चिट्ठी मिली कि 'उनकी स्त्री के बहुत जल्द पांचवीं सन्तान होनेवाली है', और तब कहीं वे अपने रक्षक को साथ लेकर किताबों के रुपये वसूल करने दुकानों पर पहुंचे।

लेकिन, प्रायः सभी दुकानदारों ने लगभग एक ही तरह का जवाब दिया, 'अभी तो एक भी किताब नहीं बिकी।' सिर्फ़ एक दुकानदार के मुंह से यह सुना कि बाहर से एक मांग आई थी और वी.पी. भी भेजी गई थी, पर वह लौट आई — इससे उलटा उसे डाक-ख़र्च का दंड देना पड़ा। और इसके लिए वह ग्रन्थकार पर बहुत ही नाराज़ हुआ और उसी समय किताब वापस करने को तैयार हो गया।

ग्रन्थकार घर लौटकर बहुत कुछ सोचते रहे, किन्तु उनकी कुछ समझ में न आया। अपने 'विचारशील ग्रन्थ' के विषय में जितना ही ज़्यादा विचार करने लगे उतना ही पाठकों की तरफ़ से किए गए अविचार पर उन्हें गम्भीर दुख होने लगा। अन्त में, जो कुछ रुपये बचे थे, उन्हीं के सहारे वे देश की तरफ़ चल दिए।

घर आकर ताराचन्द ने बड़े आडम्बर के साथ अपनी स्त्री के आगे प्रसन्नता प्रकट की। दाक्षायणी हंसती हुई शुभ संवाद के लिए प्रतीक्षा करती रही।

फिर ताराचन्द ने 'गौड समाचार' का एक अंक लाकर गृहिणी की गोद में रख दिया। पढ़कर मन-ही-मन उसने सम्पादक के लिए अक्षय धन और पुत्र की कामना की, और उनके मुंह पर मानसिक पुष्प-चन्दन का अर्घ्य भी अर्पित किया। और समालोचना पूरी पढ़ चुकने के बाद फिर वह पति की तरफ़ देखने लगी। पति ने तब 'नवप्रभात' खोलकर रख दिया। पढ़कर आनन्द से विह्वल दाक्षायणी ने फिर पति के मुंह पर आशा-भरी स्निग्ध दृष्टि डाली।

तब ताराचन्द ने 'युगान्तर' निकाला। उसके बाद? उसके बाद दिखाया 'भारत भाग्यचक्र', उसके बाद 'शुभ जागरण', और फिर क्रमशः 'नवोदय', 'संवाद-तरंग-भंग', 'अरुणालोक', 'आशा', 'जागरणी', 'उच्छ्वास', 'पुष्प-मंजरी', 'सहचरी', 'सीता-गजट', 'अहल्या-लाइब्रेरी प्रकाशिका', 'ललित समाचार', 'कोतवाल', 'विश्व विचारक', 'लावण्यलतिका' इत्यादि। हंसते-हंसते गृहिणी के आनन्दाश्रु झरने लगे। आंखों को पोंछकर स्त्री ने फिर एक बार पति के कीर्ति-रश्मि से समुज्ज्वल मुख की ओर देखा।

पति ने कहा, "अभी और भी बहुत-से अख़बार बाक़ी हैं।"

दाक्षायणी ने कहा, "उन्हें शाम को देखूंगी, अब और-और बातें सुनाओ, कैसे क्या हुआ?"

ताराचन्द बोले, "अब की बार कलकत्ता जाकर सुन आया हूं कि लाट साहब की मेम ने एक किताब निकाली है; लेकिन उसमें 'वेदान्त-प्रभाकर' का कोई उल्लेख नहीं किया।"

दाक्षायणी ने कहा, "अरे, इन सब बातों को जाने दो, और क्या लाए हो सो बताओ न!"

ताराचन्द ने कहा, "कुछ चिट्ठियां भी हैं।"

अन्त में उसे साफ़-साफ़ कहना पड़ा, "रुपये कितने लाए?"

ताराचन्द ने उदास मुंह से उत्तर दिया, "विधुभूषण से पांच रुपये उधार लेकर घर आया हूं।"

अन्त में दाक्षायणी ने जब सारा हाल सुना तब दुनिया की सचाई के बारे में उसका तमाम विश्वास पलट गया। अवश्य ही दुकानदारों ने उसके पति को ठग लिया है, और देश-भर के तमाम ख़रीददारों ने षड्यन्त्र करके दुकानदारों को छकाया है। फिर सहसा ख़याल आया कि उसने जिसे अपना प्रतिनिधि बनाकर पति के साथ भेजा था उसी विधुभूषण ने ही भीतर-ही-भीतर दुकानदारों से मिलकर ऐसा किया है, और फिर जितना दिन चढ़ने लगा उतना ही साफ़ समझ में आने लगा कि उस मुहल्ले के विश्वम्भर चटर्जी उसके पति के पूरे दुश्मन हैं, यह सब कार्रवाई उन्हीं की है। हां, ज़रूर, जिस दिन उसके पति कलकत्ता गए थे, उसके दो ही दिन बाद विश्वम्भर को उसने बड़ के नीचे खड़े-खड़े कन्हाई पाल से बात करते देखा था; और चूंकि कन्हाई पाल के साथ अकसर उसकी बातचीत हुआ करती थी, इससे उस समय सन्देह नहीं हुआ, अब सब साफ़ समझ आ रहा है।

दाक्षायणी को घर-गृहस्थी की दुश्चिन्ता दिनों-दिन बढ़ने ही लगी। जब अर्थोपार्जन का ऐसा अच्छा और सुगम उपाय व्यर्थ हो गया तो अपना कन्या-प्रसव का अपराध उसे चौगुना सताने लगा। फिर वह विश्वम्भर, विधुभूषण या देश के

अधिवासियों को इस अपराध के लिए ज़िम्मेदार न कर सकी – सारा अपराध एक अपने ही सिर पर लाद लिया। सिर्फ़ जो लड़कियां पैदा हुई हैं और होंगी, उन्हें भी ज़रा-ज़रा बांट दिया। दिन और रात, एक घड़ी के लिए भी उसके मन में शान्ति न रही।

ज्यों-ज्यों प्रसव का समय नज़दीक आने लगा त्यों-त्यों दाक्षायणी के शरीर की हालत बिगड़ने लगी। सबको विशेष चिन्ता हो गई।

निरुपाय ताराचन्द पागल की तरह विश्वम्भर के पास दौड़े गए। बोले, "भाई साहब, मेरी इन पचास किताबों को गिरवी रखकर अगर कुछ रुपये दे दो, तो मैं शहर से अच्छी दाई बुलाकर दिखा देखूं।"

विश्वम्भर ने कहा, "भाई, इसके लिए कोई फ़िकर नहीं, रुपये जो लगें सो मैं दे दूंगा, तुम ये किताबें ले जाओ।" इतना कहकर उसने कन्हाई पाल से, बहुत-कुछ कहा-सुनी करके, कुछ रुपये लाकर दिए, और विधुभूषण स्वयं अपनी गांठ से राह-ख़र्च देकर कलकत्ते से दाई ले आया।

दाक्षायणी ने न जाने क्या सोचकर पति को कमरे में बुलवाया; और अपने सर की क़सम देकर कहा, "जब कभी तुम्हें वह दर्द सतावे तो साधु की दी हुई वो दवा खाना न भूलना, और इस ताबीज़ को कभी न खोलना।" और भी बहुत-सी छोटी-छोटी बातें पति को समझाईं, और उनका हाथ पकड़कर उनसे सब मंजूर करा लीं। फिर बोली, "विधुभूषण का ज़रा भी विश्वास नहीं, उसने हमारा सत्यानाश किया है।" नहीं तो वह औषधि-ताबीज़ और सर की क़सम समेत अपने पति को उसी के हाथ सौंप जाती।

इसके बाद उसने अपने महादेव के समान विश्वासप्रवण भोलानाथ पति को संसार के निर्मम कुटिल बुद्धि षड्यन्त्रकारी के विषय में बार-बार सावधान कर दिया। अन्त में चुपके से बोली, "देखो, मेरे जो लड़की होगी वह अगर ज़िन्दा रहे, तो उसका नाम रखना 'वेदान्तप्रभा', बाद में फिर चाहे उसे 'प्रभा' कहकर ही बुलाना, कोई हर्ज नहीं।" इतना कहकर पति के पांव छुए और पांवों की धूल माथे से लगाई। मन-ही-मन कहने लगी, 'सिर्फ़ लड़कियां पैदा करने ही पति के घर आई थी। अब की शायद उससे पिंड छूट जाए।'

दाई ने जब कहा, "मांजी, देखना ज़रा, लड़की कैसी सुन्दर हुई है!" तब मां

ने एक बार लड़की को देखकर आंखें मींच लीं और बड़े कोमल स्वर में कहा, "वेदान्तप्रभा!"

इसके बाद फिर उसे इस लोक में एक भी बात कहने का अवसर न मिला।

(मूल रचना : 1948)

हृदय-परिवर्तन

एक दिन सवेरे, सड़क पर खड़े-खड़े, दो लड़कों में आपस में एक मुश्किल काम के लिए होड़ बदी। होड़ का विषय था 'कोई मन्दिर के बग़ीचे से फूल ला सकता है या नहीं।' एक लड़का कह रहा था, "मैं ला सकता हूं।" और दूसरा कह रहा था, "हरगिज़ नहीं।"

सुनने में तो काम आसान मालूम होता है, पर करने में क्यों कठिनाई है, इसे ज़रा विस्तार के साथ कहना ज़रूरी है।

स्वर्गीय पंडित माधवचन्द्र तर्क-वाचस्पति की विधवा स्त्री जयकाली देवी श्रीराधानाथजी के मन्दिर की अधिकारिणी हैं। स्वर्गीय अध्यापकजी को संस्कृत पाठशाला से जो 'तर्क-वाचस्पति' की उपाधि प्राप्त हुई थी, वे हज़ार कोशिश करने पर भी उसे अपनी स्त्री के सामने एक दिन के लिए भी प्रमाणित नहीं कर सके थे। किसी-किसी पंडित के मतानुसार उनकी वह उपाधि सार्थक हुई थी, कारण, तर्क और वाक्य सब-कुछ उनकी पत्नी के हिस्से में आया था, और पति के रूप में वे उसका सम्पूर्ण फल भोगा करते थे।

सत्य की प्रेरणा से इतना तो कहना ही पड़ेगा कि जयकाली ज़्यादा बात नहीं करती थीं, पर अकसर दो ही एक बात में, यहां तक कि नीरव रहकर ही प्रबल-से-प्रबल बतक्कड़ का भी मुंह बन्द कर देती थीं।

जयकाली क़द में लम्बी, मज़बूत, पतली नाकवाली और बुद्धि में बहुत तेज़ थीं। पति की मौजूदगी में ही उनकी देवोत्तर-सम्पत्ति नष्ट होने की नौबत आ पहुंची थी; किन्तु विधवा ने अपनी बुद्धि से उसे बचा लिया था।

इस स्त्री की प्रकृति में पौरुष का अंश काफ़ी था और इसलिए उनकी सच्ची साथी-संगिनी कोई न थी। स्त्रियां उनसे डरती थीं। पराई निन्दा और छोटी-छोटी बातें या 'अपना रोना' उनके लिए असह्य था। पुरुष भी उनसे डरते थे; क्योंकि गांव के मुखियाओं के मन्दिर-सम्बन्धी महा आलस्य को वे इस तरह नीरव

घृणापूर्ण तीक्ष्ण कटाक्षों से धिक्कारा करती थीं कि वह उनकी स्थूल जड़ता को भेदकर अन्तर तक पहुंच जाता था।

इस प्रौढ़ विधवा में कठोरता से घृणा करने और उस घृणा को कठोरता से प्रकट करने की असाधारण शक्ति थी। न्याय में जिसे वे अपराधी ठहरा देतीं, उसे बात और बिना-बात, भाव और भंगी सब तरह से बिलकुल जलाती चली जा सकती थीं।

गांव के हर एक क्रिया-कर्म में, विपद या सम्पद में, उनका उत्साहित हाथ बराबर काम किया करता था। सब जगह वे अपने लिए गौरव का स्थान बिना कोशिश के बहुत ही आसानी से प्राप्त कर लेती थीं। जहां वे मौजूद रहतीं वहां वे ही सबके ऊपर प्रधान पद पर होतीं, इसमें स्वयं उन्हें अथवा उपस्थित किसी भी व्यक्ति के मन में सन्देह होना असम्भव था।

रोगी की सेवा में वे सिद्धहस्त थीं, किन्तु रोगी उनसे यम के समान डरते थे। पथ्य या नियम में तिल-भर भी इधर-उधर होते ही उनका क्रोधानल रोग के ताप से भी अधिक उत्तप्त हो उठता, जिससे रोगी की दशा और भी ख़राब हो जाती।

यह दीर्घ-काया कठिन विधवा विधाता के कठोर नियम-दंड की तरह सर्वदा गांव के मस्तक पर उद्यत रहती थी; कोई भी उससे स्नेह या उपेक्षा करने का साहस नहीं करता। गांव के सबके साथ उनका सम्बन्ध था, किन्तु फिर भी वे अकेली थीं।

विधवा के कोई सन्तान न थी। बिना मां-बाप के दो भतीजे उनके घर पले थे। कोई पुरुष अभिभावक न होने से उन पर किसी तरह का शासन न था, फिर भी कोई यह नहीं कह सकता था कि स्नेहान्ध बुआ के लाड़-प्यार से वे बिगड़े जा रहे हैं। उनमें से बड़े की उमर थी अठारह साल की। बीच-बीच में उसकी सगाई की चर्चा छिड़ती थी; और लड़का भी इस मामले में दिलचस्पी लेने लगा था। किन्तु 'बुआजी' ने उसकी इस सुख-वासना को कभी एक दिन के लिए भी पनपने नहीं दिया। और-और स्त्रियों की तरह किशोर नव-दम्पति का नवीन प्रेमोद्गम-दृश्य उनकी कल्पना में अत्यन्त उपभोग्य और मनोरम प्रतीत नहीं होता था। बल्कि उनकी दृष्टि में तो यह कल्पना ही अत्यन्त हेय थी कि ब्याह करके अन्य गृहस्थों की तरह उनका भतीजा भी आलस्य, विलास और पत्नी के प्रेम में

पड़ा-पड़ा फूलता रहे। वे कठोरता के साथ कहा करतीं कि पुलिन पहले रोज़गार करना शुरू करे, तब उसका ब्याह होगा। बुआ के मुंह से ऐसी कड़ी बात सुनकर पास-पड़ोसिनों के हृदय फट-फट जाते।

मन्दिर ही जयकाली का सबसे बड़ा अपना और प्यारा धन था। ठाकुरजी के शयन-वसन-स्नानाहार में तिल मात्र भी त्रुटि नहीं हो पाती थी। पुजारी मन्दिर के दो देवताओं की अपेक्षा इस एक मानवी से बहुत ज़्यादा डरता था। पहले एक ज़माना था जब देवता का प्राप्य नैवेद्यादि देवता को पूरा नहीं मिलता था। कारण, पुजारी ब्राह्मण की एक और पूजा की प्रतिमा गुप्त मन्दिर में थी। उसका नाम था निस्तारिणी। गुप्त रूप से घी-दूध, मलाई-मिठाई आदि नैवेद्य स्वर्ग और नरक दो जगह बंट जाया करता था। किन्तु अब जयकाली के शासन में पूजा का सौ फीसदी हिस्सा ठाकुरजी के ही भोग में आता है, उप देवताओं को जीविका के लिए अन्यत्र शरण लेनी पड़ी है।

विधवा के यत्न और प्रयत्न से मन्दिर का आंगन साफ़-सुथरा चमका करता है। कहीं एक तृण भी अव्यवस्थित नहीं पड़ा रहता। एक तरफ़ मांचे पर माधवी लता है, उसका कोई सूखा पत्ता नीचे पड़ते ही जयकाली उसे उठाकर बाहर फेंक देती हैं। मन्दिर की सजावट, सफ़ाई और पवित्रता में कहीं तिलमात्र भी व्याघात हो जाए तो विधवा के लिए वह असह्य हो जाता। पहले मुहल्ले के लड़के आंख-मिचौनी खेलने के लिए इस आंगन का थोड़ा-बहुत उपयोग किया करते थे, और कभी-कभी बकरी के बच्चे आकर माधवी लता का कुछ अंश खा जाया करते थे। परन्तु अब वे बातें हवा हो गईं। किसी ख़ास पूजा-पाठ या उत्सव के दिन भले ही लड़के आंगन के भीतर आ जाएं, वरना किसी की मजाल क्या कि कोई भीतर को झांके भी! और क्षुधातुर बकरी के बच्चे को तो पत्त के बदले लाठी खाकर दरवाज़े पर से ही अपनी अज-जननी का आह्वान करते हुए भाग जाना पड़ता है।

कोई भी अनाचारी व्यक्ति, फिर चाहे वह बिलकुल अपना ही आदमी क्यों न हो, मन्दिर के प्रांगण में प्रवेश नहीं कर पाता। एक बार जयकाली के किसी मुसलमान के हाथ से पके मुर्गे का मांस खानेवाले उसके बहनोई ने उनके गांव में आकर मन्दिर प्रांगण में प्रवेश करना चाहा था; किन्तु जयकाली ने तुरन्त ही

उसका विरोध किया और नहीं आने दिया। इसपर सहोदरा बहन से उनका हमेशा के लिए विच्छेद हो गया। इस देवालय के सम्बन्ध में विधवा की तरफ़ से इतनी अधिक अतिरिक्त अनावश्यक सतर्कता थी कि जन-साधारण की दृष्टि में वह निरा पाखंड ही मालूम होता।

जयकाली और सब जगह कठिन-कठोर, उन्नत और स्वतन्त्र थी, सिर्फ़ एक इस मन्दिर के आगे ही उन्होंने परिपूर्ण रूप से आत्मसमर्पण किया था। इस प्रतिमा के आगे वे एकान्त रूप से जननी, पत्नी, दासी थीं, उनके सामने वे सतर्क, सुकोमल, सुन्दर और सम्पूर्ण विनम्र थीं। यह पत्थर का मन्दिर और पाषाण की प्रतिमा उनके निगूढ़ नारी-स्वभाव का एकमात्र चरितार्थता का विषय था। उनके लिए वही पति, वही पुत्र, वही संसार और वही सब-कुछ था।

इसी से पाठक समझ सकते हैं कि जो लड़का मन्दिर के आंगन में जाकर फूल तोड़ने की होड़ बद रहा था उसके साहस का क्या ठिकाना! यह था जयकाली का छोटा भतीजा नलिन। वह अपनी बुआ को अच्छी तरह जानता था, फिर भी उसकी आवारा प्रकृति शासन के वश में नहीं आई थी। जहां विपत्ति होती वहीं उसका विशेष आकर्षण होता, और जहां शासन होता वहीं उसके उल्लंघन के लिए उसका चित्त चंचल हो उठता। सुनते हैं, बचपन में उसकी बुआ का स्वभाव भी ऐसा ही था।

जयकाली उस समय मातृ-स्नेह-मिश्रित भक्ति के साथ देवता की ओर एक दृष्टि से देखती हुई दालान में माला जप रही थीं।

लड़का पैर दबाए चुपचाप पीछे से आकर आंगन में खड़ा हो गया। देखा कि नीचे की शाखाओं में फूल नहीं हैं, पूजा के लिए तोड़ लिए गए हैं। तब वह धीरे-धीरे बहुत ही सावधानी के साथ मांचे पर चढ़ा। ऊंची शाखा पर दो-एक अधखिली कलियां देखकर ज्योंही उसने शरीर और हाथ को आगे बढ़ाया, त्योंही उसके बोझ से मांचा टूटकर चरचराता हुआ नीचे आ गिरा और उस पर आश्रित लता और नलिन दोनों ज़मीन पर दिखाई दिए।

जयकाली झटपट उठकर दौड़ी आई, और अपने भतीजे की करतूत देखी। ज़ोर से बांह पकड़कर उसे उठाया। चोट काफ़ी लगी थी, पर उस चोट को सज़ा

नहीं कहा जा सकता, क्योंकि वह अज्ञान जड़ की चोट थी। इसलिए ऊपर से गिरे हुए बालक के व्यथित शरीर पर जयकाली के सज्ञान सजीव हाथों की मार पड़ने लगी। लड़के ने एक बूंद भी आंसू न गिराकर चुपचाप सब सह लिया। फिर उसकी बुआ उसे घसीटकर भीतर ले गईं और कोठरी में बन्द कर दिया। उस दिन शाम को उसे खाना नहीं दिया गया।

खाना बन्दी की बात सुनकर नौकरानी मोक्षदा को बड़ी दया आई। उसने डबडबाती हुई आंखों से बच्चे को माफ़ करने के लिए मिन्नत की। किन्तु उससे जयकाली का मन नहीं पसीजा। पंडितानी से छिपाकर भूखे बच्चे को कोई खाना खिला दे, इतना दुस्साहस किसी में न था।

आदमी बुलाकर मांचा ठीक कराने के लिए कहकर वे फिर माला लेकर दालान में बैठ गईं। मोक्षदा फिर कुछ देर बाद डरती हुई उनके पास पहुंची, बोली, "दीदीजी, लल्ला बाबू भूख के मारे रो रहे हैं; उनके लिए थोड़ा-सा दूध पहुंचा दूं?"

जयकाली ने अविचलित दृढ़ता के साथ कहा, "नहीं।"

मोक्षदा लौट आई।

पास की कोठरी से नलिन का करुण-क्रन्दन क्रमशः क्रोध के गर्जन के रूप में परिणत हो रहा था। अन्त में, बहुत देर बाद, उसकी व्याकुलता का श्रान्त उच्छ्वास रह-रहकर जप में बैठी हुई बुआ के कानों में ध्वनित होने लगा।

नलिन का क्रन्दन अब श्रान्त होकर थमने लगा था कि इतने में और एक जीव की भय से व्याकुल करुण आर्त-ध्वनि सुनाई देने लगी, और उसके साथ ही दूर से उसका पीछा करनेवाले आदमियों के शोरगुल ने मन्दिर के सामनेवाले रास्ते में आकर विचित्र रूप धारण किया।

सहसा प्रांगण में किसी का पद-शब्द सुनाई दिया। जयकाली ने पीछे को मुड़कर देखा, ज़मीन पर गिरी हुई माधवी लता हिल रही है।

उन्होंने गुस्से के साथ आवाज़ दी, "नलिन!"

किसी ने जवाब नहीं दिया। समझ लिया कि ज़िद्दी नलिन कोठरी से किसी तरह निकलकर फिर उन्हें गुस्सा दिलाने आया है।

तब बहुत ही कठोरता से ओठ चबाती हुई विधवा आंगन में उतर आई।

लताकुंज के पास आकर फिर आवाज़ दी, "नलिन!"

कोई जवाब नहीं मिला। झाड़ी उठाकर देखा तो एक बहुत ही गन्दा सूअर प्राणों के डर से जान बचाने के लिए उसमें आ छिपा है!

विधवा को जो 'लता-वितान' इस ईंट की दीवार के भीतर साक्षात वृन्दावन का संक्षिप्त प्रतिरूप है, जिसकी विकसित-कुसुम-मंजरियों का सौरभ गोप-गोपियों की सुगन्धित निश्वास की याद दिलाता है और कालिन्दी तीर के सुख-विहार के सौन्दर्य-स्वप्न को जाग्रत कर देता है, विधवा की उसी प्राणाधिक प्रिय सुपवित्र नन्दनभूमि में अचानक ऐसी वीभत्स दुर्घटना हो गई।

पुजारी ब्राह्मण लाठी हाथ में लिए दौड़ा आया।

जयकाली ने हाथ उठाकर उसे मना कर दिया और जल्दी से आगे बढ़कर मन्दिर का दरवाज़ा बन्द कर दिया।

थोड़ी देर बाद ही, ताड़ी पिए हुए मतवाले डोमों का झुंड मन्दिर के द्वार पर आ पहुंचा, और अपने बलि के पशु के लिए शोर मचाने लगा।

जयकाली ने बन्द दरवाज़े के भीतर से कहा, "जाओ, जाओ – भागो सब यहां से। देवता का मन्दिर मत छूना।"

डोम वापस चले गए। जयकाली पंडितानीजी अपने मन्दिर में अपवित्र पशु को ठहरने देंगी, प्रत्यक्ष देखकर भी, यह उन लोगों ने विश्वास नहीं किया।

इस मामूली घटना से अखिल जगत के सर्वजीवों के महा देवता परम प्रसन्न हुए, परन्तु क्षुद्र गांव का 'समाज' नामधारी अतिक्षुद्र देवता अत्यन्त क्रुद्ध हो उठा।

(मूल रचना : श्रावण, 1951)

बाहर और भीतर

विपिनकिशोर अमीर घर में पैदा हुआ था, इसलिए जितना वह ख़र्च करना जानता था, उतना कमाना उसने नहीं सीखा था। लिहाज़ा जिस घर में उसका जन्म हुआ उस घर में वह ज़्यादा दिन नहीं टिक सका।

विपिनकिशोर सुन्दर और सुकुमारमूर्ति तरुण युवक है। गाने-बजाने में सिद्धहस्त और काम-काज में बिलकुल अपटु, दुनियादारी के काम में अनावश्यक और जीवन-यात्रा के लिए जगन्नाथ के रथ की तरह अचल। कहने का मतलब यह है कि जिस विपुल आयोजन से वह चल सकता है, वैसा आयोजन फ़िलहाल उसके हाथ से फिसल चुका है।

सौभाग्य से राजा चित्तरंजन, स्टेट ऑव वाड्र्स से अपनी सम्पत्ति वापस पाकर, किसी शौक़िया नाटक-मंडली के फन्दे में पड़ने की कोशिश कर रहे थे। इतने में विपिनकिशोर के सुन्दर चेहरे और गाने पर मुग्ध होकर उन्होंने उसे अपने अनुचरों में दाख़िल कर लिया।

राजा साहब बी.ए. पास हैं। उनमें किसी तरह की उच्छृंखलता नहीं थी। बड़े आदमी के लड़के होने पर भी वे नियमित समय में, यहां तक कि निर्दिष्ट स्थान में सोते और खाते-पीते थे। किन्तु विपिन ने सहसा उन्हें नशे की तरह पकड़ लिया। उसका गाना सुनते-सुनते और उसके लिखे हुए गीति-नाट्य की आलोचना करते-करते वे ऐसे भूल जाते कि उनकी रसोई ठंडी हो जाती और रात बीतती रहती।

दीवानजी कहने लगे कि उनके संयत स्वभाव मालिक के चरित्र-दोष में बस एक विपिन के प्रति आसक्ति-भर है, और कुछ नहीं।

रानी वसन्तकुमारी ने पति को डांटते हुए कहा, "न जाने कहां से एक बेहूदा बन्दर पकड़ लाए हो, उसके पीछे शरीर तक की रेढ़ मार दी। यहां से उसका मुंह

काला हो तो मुझे चैन आए।"

राजा अपनी युवती स्त्री की इस ईर्ष्या पर मन-ही-मन ख़ुश होते और हंसते। सोचते कि औरतें जिसे प्यार करती हैं, सिर्फ़ उसी को जानती हैं।

स्त्रियों के शास्त्र में यह कहीं लिखा ही नहीं कि संसार में आदर के पात्र और भी अनेक गुणीजन हैं। जिस आदमी ने उसके कान में विवाह का मन्त्र पढ़ा है, सब गुण उसी में हैं और सारा आदर, लाड़-प्यार उसी के लिए है। पति खाने-पीने में आध घंटे की देर कर दे तो सहन नहीं। यदि वह अपने आश्रित को निकाल बाहर करे तो उसकी क्या दशा होगी, दाने-दाने के लिए वह भटकता फिरेगा, इसकी उन्हें ज़रा भी फ़िकर नहीं। स्त्रियों का यह विवेकहीन पक्षपात दूषणीय हो सकता है, किन्तु चित्तरंजन को वह ज़्यादा बुरा नहीं मालूम हुआ। वे जब-तब विपिन की बहुत ज़्यादा तारीफ़ कर-करके स्त्री को चिढ़ाते और ख़ुश होते रहते।

किन्तु यह राजकीय खेल बेचारे विपिन के लिए आरामदेह नहीं हुआ। अन्तःपुर की विमुखता के कारण उसके खाने-पीने की व्यवस्था में हर क़दम पर कांटे चुभने लगे। अमीरों के घर, ख़ासकर भद्र आश्रितजनों के प्रति नौकर-चाकरों का बर्ताव अच्छा नहीं होता, उस पर रानी की तरफ़ से नाराज़ी का आभास पाकर सब भीतर-ही-भीतर विपिन की काफ़ी उपेक्षा करने लगे।

रानी ने एक दिन नौकर को डांटकर कहा, "तू तो अब यहां दिखाई ही नहीं देता कभी! दिन-भर किया क्या करता है?"

नौकर पूसा ने कहा, "राजा साहब के हुकुम से रात-दिन विपिन बाबू की टहल-चाकरी में ही लगा रहता हूं।"

रानी ने कहा, "अच्छा, विपिन बाबू तो नवाब बन गए मालूम होता है!"

दूसरे दिन पूसा ने विपिन की जूठी थाली ज्यों-की-त्यों पड़ी रहने दी। अनभ्यस्त हाथों से विपिन अपनी जूठी थाली आप मांजने लगा और किसी-किसी दिन उपवास भी करने लगा, किन्तु इस बारे में कोई शिकायत उसने राजा के कान तक नहीं पहुंचाई – नौकर-चाकरों के साथ झगड़ा करके उसने अपने को छोटा नहीं बनाया। इस तरह, विपिन के भाग्य में हवेली के बाहरी हिस्से में आदर बढ़ने लगा, किन्तु अन्तःपुर में अनादर की सीमा न रही।

इधर रिहर्सल के बाद 'सुभद्रा-हरण' गीति-नाट्य बिलकुल तैयार था। महल के आंगन में उसका अभिनय हुआ। राजा खुद बने श्रीकृष्ण, और विपिन ने अर्जुन का अभिनय किया। अहा, अर्जुन का जैसा गला था वैसा ही रूप! दर्शकगण धन्य-धन्य करने लगे।

रात को राजा ने आकर वसन्तकुमारी से पूछा, "नाटक कैसा लगा?"

रानी ने कहा, "विपिन ने अर्जुन का तो अभिनय बहुत अच्छा किया था। चेहरा भी ख़ूब है बड़े घराने का-सा, गले की मिठास का तो कहना ही क्या।"

राजा ने कहा, "और मेरा चेहरा कुछ भी नहीं! और गला भी कड़ुआ लगा, क्यों?" रानी ने कहा, "तुम्हारी बात और है।" और फिर विपिन के अभिनय की चर्चा छेड़ दी।

राजा खुद इससे कहीं ज़्यादा और आवेगमयी भाषा में रानी के सामने विपिन की तारीफ़ कर चुके हैं, किन्तु आज रानी के मुंह से ज़रा-सी प्रशंसा सुनकर उन्हें ऐसा लगा कि विपिन जितना कर सकता है, नासमझ लोग उससे कहीं ज़्यादा बढ़ा-चढ़ाकर उसकी तारीफ़ किया करते हैं क्या तो उसका चेहरा है, और गला! कुछ दिन पहले वे खुद उक्त नासमझों की श्रेणी में थे, किन्तु आज अचानक किस वजह से उनकी समझ इतनी बढ़-चढ़ गई, कहना मुश्किल है।

दूसरे दिन से विपिन के खाने-पीने का बहुत अच्छा इन्तज़ाम हो गया।

वसन्तकुमारी ने राजा से कहा, "विपिन को बाहर कचहरी में गुमाश्तों के साथ रखना उचित नहीं है, कुछ भी हो, है तो वह अमीर घर का लड़का।"

राजा ने संक्षेप में बात को निगलते हुए कहा, "हूं।"

रानी ने अनुरोध किया कि बच्चे के अन्नप्राशन के दिन फिर एक बार नाटक कराना चाहिए। राजा ने उनकी बात पर कुछ ध्यान ही नहीं दिया।

एक दिन, धोती-दुपट्टा ठीक से नहीं चुना गया, तो राजा ने पूसा को बहुत फटकारा। पूसा ने कहा, "क्या करूं, हुज़ूर, रानी साहिबा के हुकुम से विपिन बाबू की सेवा-टहल में सारा-का-सारा वक़्त बीत जाता है।"

राजा बहुत नाराज़ हुए, बोले, "अच्छा, विपिन तो आजकल भारी नवाब हो गया है, अपना काम आप नहीं कर सकता!"

विपिन को पुनर्मूषिक होना पड़ा।

रानी राजा के पीछे पड़ गईं कि शाम को बैठकख़ाने में जहां वे गाना सुना करते हैं, वहां बग़ल के कमरे में परदे का इन्तज़ाम करा दिया जाए – वे भी गाना सुनेंगी, उन्हें विपिन का गाना बहुत अच्छा लगता है।

राजा ने अगले ही दिन से पहले की तरह अत्यन्त नियमित समय में खाना-पीना और सोना शुरू कर दिया। गाना-बजाना अब नहीं होता।

दोपहर को राजा ज़मींदारी का काम देखा करते थे। एक दिन वे ज़रा कुछ जल्दी ही अन्तःपुर पहुंच गए। देखा कि रानी कुछ पढ़ रही है।

राजा ने पूछा, "क्या पढ़ रही हो?"

रानी पहले तो कुछ सहम-सी गईं, फिर बोलीं, "विपिन बाबू की गानों की एक कापी है, दो-एक गाने याद करने के लिए मंगाई थी। अचानक तुम्हारा शौक़ तो मिट ही गया। अब तो गाना सुनना हो नहीं सकता।" इसके बहुत पहले ही रानी ने जो उनके इस शौक़ को जड़ से नष्ट करने की भरसक कोशिश की थी, उस बात की आज उन्हें किसी ने याद ही नहीं दिलाई।

दूसरे ही दिन राजा ने विपिन को विदा कर दिया। कल से उसकी क्या दशा होगी, इस विषय में उन्होंने ज़रा भी विचार नहीं किया।

दुख सिर्फ़ इस बात का ही नहीं, सबसे बड़ा दुख तो विपिन के यह बैठ गया कि वह राजा से अकृत्रिम अनुराग कर बैठा था, और, वेतन की अपेक्षा राजा का प्रेम ही उसके लिए बहुत ज़्यादा क़ीमती हो गया था। आख़िर किस क़सूर पर अचानक इस तरह राजा ने उसे अपने प्रेम में से, दूध में से मक्खी की तरह, निकालकर फेंक दिया, बहुत सोचने-विचारने पर भी उसकी समझ में नहीं आया। अन्त में उसने एक गहरी सांस ली, और अपने पुराने तम्बूरे पर गिलाफ़ चढ़ाकर वह बन्धुहीन विशाल संसार में भटकने निकल पड़ा। जाते वक़्त राजभृत्य पूसा को वह अपनी आख़िरी पूंजी दो रुपया इनाम में दे गया।

(मूल रचना : आषाढ़, 1957)

उद्धार

गौरी पुराने धनाढ्य घराने की बड़े लाड़-प्यार में पली सुन्दर लड़की है। उसके पति पारस की हालत पहले बहुत ही गिरी हुई थी, पर अब अपनी कमाई के बूते पर उसने कुछ उन्नति की है। जब तक वह ग़रीब था तब तक उसके सास-ससुर ने इस ख़याल से कि लड़की तकलीफ़ पाएगी, बहू की विदा नहीं की। गौरी कुछ ज़्यादा उमर में ही ससुराल आई।

शायद इन्हीं कारणों से पारस अपनी सुन्दरी युवती स्त्री को सम्पूर्णतः अपने हाथ की चीज़ नहीं समझता था। और मिज़ाज में वहम तो उसके बीमारी बनकर समा गया था।

पारस पछांह के एक छोटे-से शहर में वकालत करता है। घर में अपने कुटुम्ब का कोई न था, अकेली स्त्री के लिए उसका चित्त सदा उद्विग्न बना रहता। बीच-बीच में वह अचानक असमय में अदालत से घर चला आता। शुरू-शुरू में पति के इस तरह आकस्मिक आगमन का क.रण गौरी की कुछ समझ में न आया। बाद में वह क्या समझी सो वही जाने।

बीच-बीच में वह बिना कारण घर का नौकर भी छुड़ा देने लगा। किसी नौकर का ज़्यादा दिन तक बना रहना उसे बरदाश्त नहीं होता। ख़ासकर काम की परेशानी का ख़याल करके गौरी जिस नौकर को रखने के लिए ज्यादा आग्रह करती उसे तो वह फौरन ही निकाल बाहर करता। तेजस्विनी गौरी को इससे जितनी चोट पहुंचती, उसका पति उतना ही चंचल होकर कभी-कभी ऐसा विचित्र बरताव कर बैठता कि जिसका ठीक नहीं।

अन्त में जब वह अपने को सम्हाल न सका और दासी को एकान्त में बुलाकर उससे तरह-तरह के वहम के सवाल करने लगा तब सब बातें गौरी को भी मालूम होने लगीं। अभिमानिनी स्वल्प-भाषिणी नारी अपमान की चोट खाकर सिंहिनी की तरह भीतर-ही-भीतर उफनने और घुमड़ने लगी, और इस उन्मत्त

सन्देह ने दम्पति के बीच में पड़कर खंड-प्रलय की तरह दोनों को बिलकुल विच्छिन्न कर दिया।

गौरी के आगे अपना गहरा सन्देह प्रकट करने के बाद पारस की झिझक और शरम जब बिलकुल ही जाती रही तब वह रोज़मर्रा क़दम-क़दम पर साफ़-साफ़ सन्देह प्रकट करके स्त्री से लड़ने लगा; और गौरी जितनी ही ग़म खाकर मौन अवज्ञा और पैनी निगाहों के तेज़ तीरों से नीचे से लेकर ऊपर तक उसके सारे बदन को लहूलुहान करने लगी, उसका सन्देह का पागलपन मानो उतना ही बढ़ता चला गया।

इस तरह, दाम्पत्य-सुख से वंचित उस पुत्रहीन तरुणी ने अपना सम्पूर्ण अन्तःकरण धर्म की चर्चा में लगा दिया। हरिभजन-सभा के नवीन प्रचारक ब्रह्मचारी परमानन्द स्वामी को बुलाकर गौरी ने उनसे दीक्षा-मन्त्र लिया, और 'भागवत' की व्याख्या सुनने लगी। नारी-हृदय का सम्पूर्ण व्यर्थ-स्नेह एकमात्र भक्ति के रूप में इकट्ठा होकर गुरुदेव के चरणों में लोटने लगा।

परमानन्द के साधुचरित्र के सम्बन्ध में किसी को भी कोई सन्देह न था। सभी उनकी पूजा करते थे। किन्तु पारस उनके सम्बन्ध में मुंह खोलकर सन्देह प्रकट न कर सकने के कारण अत्यन्त व्याकुल हो उठा और उसका सन्देह अदीठ फोड़े की तरह क्रमशः खुद उसी के मर्मस्थल को कुरेद-कुरेदकर खाने लगा।

एक दिन ज़रा-सी किसी बात पर ज़हर बाहर निकल आया। स्त्री के सामने वह परमानन्द को 'दुश्चरित्र, पाखंडी' कहकर गाली देने लगा और कहते-कहते कह बैठा, "तुम अपने शालग्राम को छूकर धर्म से बताओ तो, उस बगुला-भगत को तुम मन-ही-मन प्यार करती हो या नहीं?"

गौरी, पांव-तले दबी नागिन की तरह, एक क्षण में उग्र रूप धारण करके झूठी स्पर्धा से पति को छेदती हुई रुंधे हुए कंठ से फुंकारती हुई बोल उठी, "हां, करती हूं! तुम्हें जो कुछ करना हो सो कर लो!"

पारस उसी वक़्त घर में ताला लगाकर, स्त्री को ताले में बन्द करके, अदालत चला गया।

असह्य रोष में आकर गौरी ने किसी तरह दरवाज़ा खोल लिया, और उसी वक़्त वह घर से बाहर निकल गई।

परमानन्द अपनी एकान्त कोठरी में बैठे शास्त्र पढ़ रहे थे। वहां और कोई भी न था। सहसा गौरी अमेघवाहिनी विद्युल्लता की तरह ब्रह्मचारी के शास्त्राध्ययन के बीच जाकर टूट पड़ी।

गुरु ने कहा, "यह क्या!"

शिष्या ने कहा, "गुरुदेव, इस अपमान-भरे संसार से उद्धार करके मुझे और कहीं ले चलो। अब मैं तुम्हारी ही सेवा में अपना जीवन न्यौछावर करना चाहती हूं।"

परमानन्द ने बहुत डांट-फटकारकर गौरी को घर वापस कर दिया। किन्तु हाय, गुरुदेव, उस दिन का तुम्हारा वह अकस्मात टूटा हुआ अध्ययनसूत्र क्या फिर पहले जैसा जुड़ सका!

पारस ने घर आकर दरवाज़ा खुला पाया। स्त्री से पूछा, "कौन आया था यहां?"

स्त्री ने कहा, "कोई नहीं आया, मैं खुद गुरुदेव के घर गई थी।"

पारस का चेहरा सफ़ेद-फक पड़ गया; और दूसरे ही क्षण लाल-सुर्ख़ होकर बोला, "क्यों गई थीं?"

गौरी ने कहा, "मेरी तबीयत!"

उस दिन से घर पर पहरा बिठाकर स्त्री को कोठरी में बन्द करके पारस ने ऐसा उपद्रव शुरू कर दिया कि सारे शहर में बदनामी हो गई।

इन सब कुत्सित अपमान और अत्याचारों की ख़बर पाकर परमानन्द का हरिभजन बिलकुल ही जाता रहा। इस शहर को छोड़कर वे अन्यत्र कहीं जाने की सोचने लगे; किन्तु बेचारी गौरी को इस दशा में छोड़कर उनसे अन्यत्र कहीं जाते न बना।

और, संन्यासी के इन दिन-रातों का इतिहास अन्तर्यामी के सिवा और कोई भी न जान सका।

अन्त में, उस अवरोध की अवस्था में ही गौरी को एक पत्र मिला। उसमें लिखा था – "वत्से, मैंने काफ़ी विचार किया है। पहले अनेक साध्वी-साधक रमणियां कृष्ण-प्रेम में अपना घर-संसार सब-कुछ त्याग चुकी हैं। यदि संसार के

अत्याचारों से तुम्हारा चित्त हरि के चरणकमलों से विक्षिप्त हो गया हो, तो मुझे ख़बर देना। भगवान की सहायता से उनकी सेविका का उद्धार करके उसे मैं प्रभु के अभय पदारविन्द में न्यौछावर करने का प्रयास करूंगा। फाल्गुण शुक्ला त्रयोदशी बुधवार को दिन के दो बजे, तुम चाहो तो, अपने तालाब के किनारे मुझसे भेंट कर सकती हो।"

गौरी ने पत्र बालों में बांधकर जूड़े में खोंस लिया। तेरस के दिन नहाने के पहले वह जूड़ा खोलने लगी तो देखा कि पत्र नदारद! सहसा सन्देह हुआ कि शायद पत्र सोते में किसी वक़्त निकलकर बिस्तर पर गिर गया होगा। पति उस पत्र को पढ़कर भीतर-ही-भीतर जल-भुनकर खाक़ हुए जा रहे होंगे, यह सोचकर गौरी मन-ही-मन ज़रा खुश हुई, किन्तु साथ ही उसका शिरोभूषण 'पत्र' पाखंडी के हाथ पड़कर लांछित हो रहा होगा, यह बात भी उसे सहन नहीं हुई।

वह तेज़ी से पति के कमरे में पहुंची।

देखा तो पति ज़मीन पर पड़ा हुआ बुरी तरह तड़प रहा है, मुंह से उसके झाग निकल रहा है और आंखों की पुतलियां ऊपर चढ़ गई हैं!

पति के दाहिने हाथ की मुट्ठी में से उस पत्र को निकालकर गौरी ने जल्दी से डाक्टर बुलवाया।

डाक्टर ने आकर कहा, "ऐपोप्लेक्सी, मिरगी है।"

रोगी तब मर चुका था।

उस दिन पारस को किसी ज़रूरी मामले की पैरवी के लिए बाहर जाना था। और, संन्यासी का यहां तक पतन हुआ था कि उस समाचार को पाकर वे गौरी से मिलने के लिए तैयार थे।

सद्य-विधवा गौरी ने खिड़की में से देखा कि उसके गुरुदेव पिछवाड़े के तालाब के किनारे चोर की तरह छिपे खड़े हैं। सहसा उस पर बिजली-सी टूट पड़ी, उसने आंखें नीची कर लीं। उसके गुरु कहां-से-कहां उतर आए हैं, सहसा एक ही क्षण में उसका वीभत्स चित्र उसकी आंखों के सामने नाचने लगा।

गुरु ने पुकारा, "गौरी!"

गौरी ने कहा, "आई, गुरुदेव!"

मरने की ख़बर पाकर पारस के मित्र वगैरह जब घर के भीतर पहुंचे, तब देखा कि गौरी भी पति के बग़ल में मरी पड़ी है!

उसने ज़हर खा लिया था। और, आधुनिक-काल में इस आश्चर्यपूर्ण सहमरण के दृष्टान्त ने सती के माहात्म्य से सबको दंग कर दिया।

(मूल रचना : श्रावण, 1957)

समाप्ति

अपूर्वकुमार बी.ए. पास करके छुट्टियों में कलकत्ते से अपने गांव को लौट रहा था।

छोटी-सी नदी है। वर्षा के अन्त में अकसर सूख-सी जाया करती है। अभी सावन का महीना है। नदी ख़ूब चढ़ी हुई है, गांव की सीमा और बांस की झाड़ियों की जड़ को चूमती हुई तेज़ी से बहती चली जा रही है।

लगातार कई दिनों की घनघोर वर्षा के बाद आज ज़रा बादल छंटे हैं और आकाश में धूप दिखाई दे रही है।

नाव पर बैठे हुए अपूर्वकुमार के मन के भीतर की वह तस्वीर अगर दिखाई देती, तो देखते कि वहां भी इस युवक की मानस नदी नववर्षा से बिलकुल किनारे तक लबालब भर गई है, और नदी का पानी प्रकाश से झिलमिल-झिलमिल और हवा से छपछप-छपछप कर रहा है।

नाव यथासमय घाट पर आ लगी। नदी के किनारे से पेड़ों की ओट में से अपूर्व के घर की छत दिखाई दे रही है। घर पर किसी को मालूम तक नहीं कि अपूर्व आ रहा है, इसलिए घाट पर उसे लेने के लिए कोई आदमी नहीं आया। मल्लाह बैग उठाने के लिए उद्यत हुआ तो अपूर्व ने उसे मना कर दिया, वह ख़ुद ही बैग हाथ में लटकाकर आनन्द की उमंग में झटपट नाव से उतर पड़ा।

उतरते ही, किनारे पर थी फिसलन, बैग-समेत वह कीचड़ में गिर पड़ा। और ज्यों ही वह गिरा, त्यों ही न जाने कहां से एक मीठे ऊंचे कंठ की तरल हास्य-लहरी ने आकर बगल के पीपल पर बैठीं हुई चिड़ियों को चकित कर दिया।

अपूर्व बहुत ही शर्मिन्दा हुआ, और झटपट अपने को सम्हालकर चारों तरफ़ देखने लगा। देखा कि किनारे पर जहां महाजन की नाव से नई ईंटें उतारकर इकट्ठी की गई हैं, उन्हीं पर बैठी हुई एक लड़की हंसते-हंसते बिखरी जा रही है।

अपूर्व ने पहचान लिया कि वह उन्हीं की नई पड़ोसिन की लड़की मृण्मयी

है। पहले इन लोगों का घर यहां से बहुत दूर बड़ी नदी के किनारे पर था। दो-तीन वर्ष हुए, नदी की बाढ़ के कारण उन्हें गांव छोड़कर यहां चला आना पड़ा है।

इस लड़की के बारे में बहुत निन्दा सुनने में आती है। गांव के पुरुष तो उसे स्नेह के मारे 'पगली' कहा करते हैं; किन्तु, गृहिणियां उसके उच्छृंखल स्वभाव से सर्वदा भयभीत, चिन्तित और शंकित रहा करती हैं। गांव के लड़कों ही के साथ उसका खेल होता है, बराबर की लड़कियों के प्रति उसकी अवज्ञा की हद नहीं। बच्चों के राज्य में यह लड़की एक तरह से शत्रुपक्ष की फ़ौज के उपद्रव के समान जान पड़ती है।

बाप की लाड़ली लड़की ठहरी, और इसीलिए वह इतनी निडर है। यद्यपि इस विषय में मृण्मयी की मां अपनी सखी-सहेलियों के आगे हर वक़्त अपने पति के ख़िलाफ़ फरियाद किया ही करती हैं, मगर फिर भी यह सोचकर कि बाप लड़की को लाड़ करते हैं और जब वे घर रहते हैं तो मृण्मयी की आंखों के आंसू उनके हृदय में बहुत ही व्यथा पहुंचाते हैं, वे प्रवासी पति की याद करके लड़की को किसी भी तरह रुला नहीं सकतीं।

मृण्मयी देखने में सांवली है। छोटे-छोटे घुंघराले बाल पीठ तक बिखरे रहते हैं। चेहरे पर बिलकुल बालक का-सा भाव है, बड़ी-बड़ी काली आंखों में न तो शर्म है, न डर, और न हाव-भाव का कोई लेश। शरीर लम्बा, परिपुष्ट, स्वस्थ और सबल है। उसकी उमर ज़्यादा है या कम, यह प्रश्न किसी के मन में उठता ही नहीं। अगर उठता तो लोग इस बात पर मां-बाप की निन्दा करते कि 'अभी तक वह कुंवारी ही फिर रही है।' जब कभी गांव के विदेशी जमींदार की नाव आकर घाट पर लगती है तो उस दिन गांव के लोग उनकी आवभगत करने की तैयारी में घबरा-से जाते हैं, घर की स्त्रियों की मुख-रंगभूमि पर अकस्मात नाक के नीचे तक यवनिका पड़ जाती है, किन्तु मृण्मयी न जाने कहां से किसी के नंग-धड़ंग बच्चे को गोद में लिए हुए घुंघराले बाल पीठ पर बखेरे आ खड़ी होती है। जिस देश में कोई शिकारी नहीं, कोई विपत्ति नहीं, उस देश के हरिण के बच्चे की तरह वह निर्भीक खड़ी हुई कुतूहल से टकटकी लगाए देखा करती, और अन्त में अपने बालक संगियों के पास जाकर उस नवागत प्राणी के आचार-व्यवहार के विषय में विस्तार के साथ वर्णन करती।

हमारे अपूर्वकुमार ने छुट्टी के दिनों में घर आकर इससे पहले और भी दो-चार बार इस बन्धनहीन बालिका को देखा है, और फ़ुर्सत के वक़्त, यहां तक कि काम के वक़्त भी देखा है, इसके विषय में विचार किया है। पृथ्वी पर अनेक चेहरे देखने में आते हैं, किन्तु कोई-कोई चेहरा ऐसा होता है कि न कुछ कहना, न सुनना, चट्-से मन के भीतर जाकर ऐसा पैठ जाता है कि उसे निकालना मुश्किल हो जाता है। सिर्फ़ सौन्दर्य के कारण ही ऐसा होता हो सो बात नहीं, वह तो कुछ और ही गुण है, और शायद वह है स्वच्छता। अधिकांश चेहरों पर मनुष्य प्रकृति पूरी तौर से अपना प्रकाश नहीं डाल पाती, और जिस चेहरे पर हृदय के एक कोने में बैठा हुआ वह रहस्यमय व्यक्ति बिना बाधा के बाहर निकलकर दिखाई देता है वह चेहरा हज़ारों में छिपता नहीं, पल-भर में मानस-पट पर अंकित हो जाता है। इस बालिका के चेहरे पर, आंखों पर एक चंचल और ढीठ नारी-प्रकृति हमेशा उन्मुक्त और जंगल के दौड़ते हुए मृग की तरह दिखाई देती रहती है, और वह खेलती-फिरती है, और इसीलिए ऐसे सजीव चंचल चेहरे को एक बार देख लेने पर फिर सहज में वह भुलाए नहीं भूलता।

पाठकों को यह बताने की ज़रूरत नहीं कि मृण्मयी की सकौतुक हास्य-ध्वनि चाहे कितनी ही मीठी क्यों न हो, किन्तु अभागे अपूर्व के लिए वह ज़रा कुछ तकलीफ़देह ही साबित हुई। मारे शर्म के चेहरा उसका सुर्ख़ हो उठा, और हाथ का बैग चट्-से मल्लाह के हाथ में सौंपकर वह तेज़ी से अपने घर की तरफ़ चल दिया।

प्रकृति की तैयारियां भी बहुत सुन्दर थीं। नदी का किनारा, पेड़ों की छाया, चिड़ियों का मधुगान, प्रभात की मीठी-मीठी धूप, उस पर बीस साल की उमर। अवश्य ही ईंटों का ढेर ऐसा कुछ ख़ास उल्लेख-योग्य नहीं, किन्तु उस पर जो मानव-कन्या बैठी थी उसने उस रूखे-सूखे कठोर आसन पर भी एक तरह का ख़ास मनोरम सौन्दर्य का भाव फैला रखा था। हाय-हाय, ऐसे मनोरम दृश्य में पहला क़दम रखते ही जिसका सारा-का-सारा कवित्व प्रहसन में परिणत हो जाए उसके भाग्य की इससे बढ़कर निष्ठुरता और क्या हो सकती है!

ईंटों के ढेर के ऊपर से बहती हुई हंसी की लहर सुनते-सुनते पेड़ों की छाया के

नीचे से कीच से सना दुपट्टा और बैग लिए हुए श्रीयुत अपूर्वकुमार किसी तरह अपने घर जा पहुंचे।

अचानक पुत्र के आ जाने से विधवा मां मारे खुशी के फूली न समाई। उसी वक़्त खोआ, दही, दूध और मछली की खोज में दूर-नज़दीक सब जगह आदमी दौड़ाए गए, और पास-पड़ोस में भी एक तरह की हलचल पैदा हो गई।

खा-पी चुकने के बाद मां ने बेटे के आगे ब्याह का प्रस्ताव छेड़ा। अपूर्व इसके लिए तैयार था। कारण, प्रस्ताव बहुत पहले से ही पेश था, सिर्फ़ बेटा ज़रा कुछ नई रोशनी के चक्कर में आकर ज़िद कर बैठा था कि 'बी.ए. पास किए बग़ैर मैं ब्याह हरगिज़ नहीं कर सकता' इत्यादि। अब तक जननी उस 'पास' की ही प्रतीक्षा में थी, लिहाज़ा अब किसी तरह की आपत्ति करने के मानी ही हैं झूठी बहानेबाज़ी।

अपूर्व ने कहा, "पहले लड़की तो देखो, फिर देखा जाएगा।"

मां ने कहा, "लड़की देखी जा चुकी है, उसके लिए तुझे फ़िकर करने की ज़रूरत नहीं।"

किन्तु, अपूर्व उसके लिए खुद ही फ़िकर करने को तैयार हो गया और बोला, "लड़की बिना देखे तो मैं ब्याह नहीं कर सकता।"

मां सोचने लगीं, 'ऐसी अनोखी बात तो आज तक नहीं सुनी!' किन्तु फिर भी राजी हो गईं।

रात को, अपूर्व दिया बुझाकर बिस्तर पर जा पड़ा। और पड़ने के साथ ही वर्षा-निशीथ की सारी-की-सारी आवाज़ और सम्पूर्ण निस्तब्धता के उस पार से उसकी विनिद्र शय्या पर एक उच्छ्‌वसित उच्च मधुर कंठ की हास्य-ध्वनि आ-आकर लगातार उसके कानों में बजने लगी। उसका मन अपने को बार-बार लगातार यह कह-कहकर पीड़ा देने लग गया कि सवेरे वह जो पैर फिसलकर गिर पड़ा था, उसका किसी-न-किसी तरक़ीब से उसे सुधार कर ही देना चाहिए। उस लड़की को यह मालूम ही नहीं कि 'मैं अपूर्वकुमार हूं, अचानक फिसलन पर पांव पड़ जाने से कीच में गिर जाने पर भी मैं कोई उपहास्य या उपेक्षणीय गांव का युवक नहीं।'

दूसरे दिन अपूर्व को लड़की देखने जाना था। ज़्यादा दूर नहीं, मुहल्ले में ही लड़कीवालों का घर है। उसने ज़रा कुछ जतन के साथ ही कपड़े पहने। धोती-दुपट्टा छोड़कर रेशमी अचकन और पतलून, सिर पर अमीरी ढंग की गोल पगड़ी और पांवों में वार्निशदार चमकते हुए जूते पहनकर, रेशमी कपड़े की बढ़िया छतरी हाथ में लटकाए वह सवेरे ही चल दिया।

होनेवाली सुसराल में पदार्पण करते ही वहां समारोह-समादर की धूम मच गई। अन्त में यथासमय कम्पित हृदय लड़की को झाड़-पोंछकर, रंग-रंगाकर, जूड़े में गोटा वगैरह लगाकर और एक महीन रंगीन साड़ी में लपेटकर उसे भावी वर के सामने लाया गया। लड़की एक कोने में लगभग घुटनों तक माथा झुकाए चुपचाप जड़वस्तु-सी बैठी रही, और उसके पीछे हिम्मत बंधाए रखने के लिए खड़ी रही एक अधेड़ उमर की दासी। लड़की का एक भाई, जोकि अभी बच्चा ही था, अपने परिवार में अनधिकार प्रवेश करनेवाले इस नए आदमी की पगड़ी, घड़ी की चेन और उठती हुई मूंछों की तरफ़ बड़े ध्यान से टकटकी बांधे देखने लगा।

अपूर्व ने कुछ देर मूंछों पर हाथ फेरने के बाद अन्त में गम्भीरता के साथ पूछा, "तुम पढ़ती क्या हो!"

गहनों-कपड़ों से लदी हुई लज्जा की गठरी में से उसे अपने सवाल का कोई भी जवाब नहीं मिला। दो-चार बार पूछे जाने और पुरानी दासी द्वारा पीठ पर बार-बार उत्साहप्रद थपकियां पड़ने के बाद लड़की ने बहुत ही धीमी आवाज़ में जल्दी-जल्दी एक ही सांस में कहकर छुट्टी पा ली, "कन्या-बोधिनी दूसरा भाग, व्याकरण-सार, भूगोल, अंकगणित, भारतवर्ष का इतिहास।"

इतने में, बाहर किसी की तेज़ चाल की 'धम-धम' आवाज़ सुनाई दी; और दूसरे ही क्षण दौड़ती-हांफती और पीठ पर के बालों को हिलाती हुई मृण्मयी वहां आ धमकी। उसने अपूर्व की तरफ़ आंख उठाकर देखा तक नहीं, सीधी उस होनेवाली दुलहिन के छोटे भाई राखाल के पास पहुंची और उसका हाथ पकड़कर खींचना शुरू कर दिया। राखाल उस समय भावी दूल्हा-दुलहिन को देखने में ग़रक़ था, वहां से वह किसी भी तरह टस से मस नहीं हुआ। नौकरानी अपने संयत कंठ की कोमलता की भरसक रक्षा करती हुई यथासाध्य तीव्रता के साथ

मृण्मयी को फटकारने लगी। और अपूर्व अपनी सारी-की-सारी गम्भीरता और गौरव को इकट्ठा करके पगड़ीशुदा माथे को ऊंचा करके बैठा रहा और पेट के पास लटकती हुई अपनी घड़ी की चेन को हिलाने लगा।

आख़िरकार, मृण्मयी ने जब देखा कि उसका साथी किसी भी तरह विचलित नहीं हो रहा है तब उसने उसकी पीठ पर एक ज़ोर का मुक्का जमा दिया, और लगे हाथ भावी दुलहिन के माथे का घूंघट उघाड़कर वह आंधी की तरह जिस रफ़्तार से आई थी, उसी रफ़्तार से भाग खड़ी हुई। नौकरानी जी मसोसकर रह गई, और भीतर-ही-भीतर घुमड़-घुमड़के गरजने लगी। और राखाल अचानक बहन का घूंघट खुल जाने से एकाएक खिलखिलाकर हंस पड़ा। इस आनन्द में अपनी पीठ पर पड़े हुए मुक्के को भी उसने बेजा नहीं समझा। कारण ऐसा देन-लेन उनमें अकसर हुआ ही करता है – कोई ख़ास बात नहीं थी। इसके लिए एक दृष्टान्त ही काफ़ी है। एक दिन की बात है, मृण्मयी के बाल पीठ तक बढ़े हुए थे, राखाल ने अचानक पीछे से आकर कैंची से उसके बाल कतर दिए – इस पर मृण्मयी को बहुत ज़ोर का गुस्सा आया और उसने चट्-से राखाल के हाथ से कैंची छीनकर अपने बाक़ी बचे हुए बाल भी बड़ी निर्दयता से कतर-कतरकर उसके मुंह पर दे मारे। मृण्मयी के घुंघराले बालों के गुच्छे डाली से गिरे हुए काले अंगूर के गुच्छों की तरह ज़मीन पर बिखर गए। इन दोनों में शुरू से ही इस तरह की शासन-प्रणाली प्रचलित थी।

इसके बाद फिर वह नीरव परीक्षा-सभा ज़्यादा देर तक न टिक सकी। गठरी-सी बनी लड़की बड़ी मुश्किल से अपने को लम्बी बनाकर दासी के साथ घर के भीतर चली गई। अपूर्व परम गम्भीरता के साथ अपनी उठती हुई मूंछों पर हाथ फेरता हुआ उठ खड़ा हुआ। दरवाज़े के पास जाकर देखा कि उसके वार्निशदार नए जूते वहां से गायब हैं। बहुत कोशिश करने पर भी इस बात का कतई पता न चला कि जूते कौन ले गया, कहां गए।

घरवाले सभी कोई बड़े परेशान हुए, और, अपराधी के नाम पर लगातार निन्दा और गालियों की वर्षा होने लगी।

बहुत ढूंढ़ने पर भी जब जूतों का कुछ पता न लगा, तो अन्त में मजबूर होकर घर-मालिक की फटी-पुरानी ढीली चट्टी पहनकर पतलून, अचकन, पगड़ी

आदि से सुसज्जित अपूर्व गांव के कीचड़-भरे रास्ते से अत्यन्त सावधानी के साथ घर की ओर चल दिया।

तालाब के किनारे सुनसान रास्ते पर पहुंचते ही सहसा फिर उसे वही ज़ोर की हंसी सुनाई दी। मानो पेड़-पत्तों की ओट में से कौतुकप्रिया वनदेवी अपूर्व की उन बेमेल जूतियों को देखकर एकाएक हंस पड़ी हो।

अपूर्व अत्यन्त लज्जित होकर ठिठक गया, और इधर-उधर निगाह दौड़ाकर देखने लगा। इतने में सघन वन में से निकलकर किसी निर्लज्ज अपराधिनी ने उसके सामने नए जूते रख दिए, और जैसे ही वह चट्-से भाग जाने को तैयार हुई कि अपूर्व ने जल्दी से उसके दोनों हाथ पकड़कर उसे क़ैद कर लिया।

मृण्मयी ने यथासाध्य टेढ़ी-सीधी तिरछी होकर ज़ोर लगाकर हाथ छुड़ाके भागने की बहुत कोशिश की, लेकिन व्यर्थ। घुंघराले बालों से घिरे हुए उसके भरे हुए गोल-मटोल मुस्कुराते हुए चंचल चेहरे पर सूरज की किरणें पेड़ की डालियों और पत्तों में से छन-छनकर पड़ने लगीं। कुतूहली पथिक जिस तरह सूर्य-किरणों से चमकती हुई निर्मल-चंचल निर्झरिणी की ओर झुककर टकटकी लगाए उसकी तली को देखता रहता है, ठीक उसी तरह अपूर्व ने मृण्मयी के ऊपर उठे हुए चेहरे पर झुककर, उसकी बिजली-सी चंचल आंखों के भीतर गहरी निगाह गड़ाकर देखा, और फिर बहुत ही आहिस्ते से मुट्ठी ढीली करके, मानो अपने कर्तव्य को अधूरा छोड़कर बन्दिनी को मुक्त कर दिया। अपूर्व अगर गुस्से में आकर मृण्मयी को पकड़कर मारता, तो उसे ज़रा भी आश्चर्य न होता, किन्तु इस प्रकार सुनसान रास्ते में इस अद्‌भुत नीरव दंड का वह कुछ अर्थ ही न समझ सकी।

नाचती हुई प्रकृति के नूपुरों की झनकार के समान फिर वही चंचल हास्य-ध्वनि सम्पूर्ण आकाश में व्याप्त होकर गूंज उठी, और चिन्ता-निमग्न अपूर्व बहुत धीरे-धीरे पैर रखता हुआ घर की ओर चल दिया।

अपूर्व उस दिन तरह-तरह के बहाने बनाकर न तो घर के भीतर गया, और न मां से मिला। किसी के यहां निमन्त्रण था, वहीं खा आया। अपूर्व सरीखा

पढ़ा-लिखा और गम्भीर भावुक युवक एक मामूली, बिना पढ़ी-लिखी लड़की के मुक़ाबले अपना लुप्त गौरव उद्धार करने और उसे अपनी आन्तरिक महत्ता का पूर्ण परिचय देने के लिए क्यों इतना उत्कंठित हो उठा, यह समझना कठिन है। एक गंवई-गांव की चंचल लड़की ने उसे मामूली आदमी समझ ही लिया, तो क्या हो गया? और उसने क्षण-भर के लिए अपूर्व को हास्यास्पद बनाकर और फिर उसके अस्तित्व को भूलकर राखाल नाम के किसी निर्बोध लड़के के साथ खेलने के लिए दिलचस्पी ज़ाहिर की, तो इसमें अपूर्व का बिगड़ ही क्या गया? इन बच्चों के सामने उसे यह साबित करने की ज़रूरत ही क्या है कि वह 'विश्वदीप' नामक मासिक पत्र में किताबों की समालोचना किया करता है, और उसके बक्स के अन्दर एसेंस, जते, रुबिनी के कैम्फर, चिट्ठी लिखने के रंगीन काग़ज़ और 'हारमोनियम-शिक्षा' किताब के साथ एक पूरी लिखी हुई प्रेस कापी, निशीथ के गर्भ में भावी ऊषा की तरह, प्रकाशित होने की प्रतीक्षा कर रही है?

किन्तु मन को समझाना कठिन है, कम-से-कम इस देहाती चंचल लड़की के सामने श्री अपूर्वकुमार राय बी.ए. पराजय स्वीकार करने को किसी भी तरह तैयार नहीं।

शाम को अपूर्व जब घर के भीतर पहुंचा तो उसकी मां ने पूछा, "क्यों रे, लड़की देख आया? कैसी है, पसन्द है न?"

अपूर्व ने ज़रा कुछ झेंपते हुए कहा, "हां, देख आया, मां! उनमें से एक लड़की मुझे पसन्द है।"

मां ने कुछ आश्चर्य के साथ कहा, "तैने कितनी लड़कियां देखी थीं वहां?"

अन्त में दो-चार प्रश्नोत्तर के बाद मां को मालूम हुआ कि उनके लड़के ने पड़ोसिन शारदा की लड़की मृण्मयी को पसन्द किया है। इतना पढ़-लिखकर भी लड़के की ऐसी पसन्द!

पहले तो अपूर्व कुछ शरमाता रहा, फिर अन्त में मां जब उसकी पसन्द का विरोध करने लगीं तो उसकी वह शर्म जाती रही। यहां तक कि ज़िद में आकर वह कह बैठा, "मृण्मयी के सिवा मैं और किसी से ब्याह करूंगा ही नहीं।" और ज्यों-ज्यों वह उसके सामने पहले लाई गई उस जड़-पुतली जैसी लड़की की कल्पना करने लगा, त्यों-त्यों ब्याह के बारे में उसकी अरुचि बढ़ती ही गई।

दो-तीन दिन तक मां और बेटे में नाराज़ी का भाव रहा, मां ने खाना-पीना, सोना तक बन्द कर दिया, किन्तु अन्त में अपूर्व की ही जीत हुई। मां ने अपने मन को समझाया कि मृण्मयी अभी बच्ची ही है, और उसकी मां उसे पढ़ाने में असमर्थ है, ब्याह के बाद अपने घर आ जाने पर वे उसे ठीक कर लेंगी। और धीरे-धीरे उन्हें इस बात पर भी भरोसा होने लगा कि उसका चेहरा सुन्दर है। किन्तु उसी समय उसके भद्दे बालों की कल्पना करते ही उनका मन निराशा से भर गया, फिर भी उन्होंने आशा की कि ठीक से जूड़ा बांधते रहने और ख़ूब तेल डालते रहने से यह त्रुटि भी कुछ दिनों में जाती रहेगी।

मुहल्ले के सभी लोग अपूर्व की इस पसन्द को 'अपूर्वपसन्द' कहने लगे। पगली मृण्मयी को प्यार तो बहुत-से लोग करते हैं, किन्तु इसका मतलब यह नहीं कि उसे वे अपने लड़के के साथ ब्याहने-योग्य समझते हों।

मृण्मयी के बाप ईशानचन्द्र मजुमदार को यथासमय ख़बर दे दी गई। वे किसी स्टीमर कम्पनी की तरफ़ से बतौर क्लर्क के नदी के किनारे एक छोटे-से स्टेशन पर टीन से छाई हुई छोटी-सी झोंपड़ी में माल उतरवाने-लदवाले और टिकट बेचने का काम करते थे। देश से अपनी लड़की मृण्मयी के सम्बन्ध और ब्याह का समाचार पाकर उनकी दोनों आंखों से आंसू गिरने लगे। उनमें कितना दुख और कितना आनन्द था, इस बात का अन्दाज़ा लगाना कठिन है।

अपनी लड़की के ब्याह में जाने के लिए ईशानचन्द्र ने हेड आफ़िस के साहब को छुट्टी के लिए दरख़ास्त दी। साहब ने उसे बहुत ही तुच्छ काम समझकर छुट्टी नामंजूर कर दी। तब उन्होंने घर को लिख दिया कि दशहरे के मौक़े पर एक हफ्ते की छुट्टी मिलेगी, तब तक के लिए ब्याह स्थगित रखा जाए।

अपूर्व की मां ने लिखा कि 'इस महीने का मुहूर्त बहुत अच्छा है, तब आगे दिन नहीं हटाया जा सकता।'

दोनों जगह से प्रार्थना नामंजूर हो जाने पर व्यथित हृदय पिता ने फिर कोई आपत्ति नहीं की, पहले की तरह ही वह माल वज़न करने और टिकट बेचने के काम में लग गए।

इसके बाद, मृण्मयी की मां और गांव के जितने भी बड़े-बूढ़े थे सब कोई मिलकर मृण्मयी को उसके भावी कर्तव्य के विषय में दिन-रात उपदेश देने लगे।

ऊटपटांग, खेल-कूद, भाग-दौड़, जल्दी-जल्दी चलना, ज़ोर-ज़ोर से हंसना, लड़कों के साथ हिलना-मिलना, फालतू बातें करना और भूख लगते ही खाने को मांग बैठना इत्यादि विषयों पर मनाही की सलाह दे-देकर सबों ने ब्याह को उसके सामने एक भूत बनाकर खड़ा कर दिया।

उत्कंठित और शंकित-हृदय मृण्मयी ने समझा कि उसे ज़िन्दगी-भर के लिए क़ैद और उसके बाद फांसी की सज़ा दी जा रही है।

नतीजा यह हुआ कि कम्बख़्त अड़ियल टट्टू की तरह गरदन टेढ़ी करके पीछे को हटकर कह बैठी, "मैं ब्याह नहीं करूंगी, जाओ!"

किन्तु फिर भी उसे ब्याह करना ही पड़ा।

उसके बाद शिक्षा शुरू हुई। अपूर्व की मां के घर आकर एक ही रात में मृण्मयी की अपनी सारी दुनिया क़ैद में घिर गई।

सास ने बहू का सुधार करना शुरू कर दिया। उन्होंने बहुत ही कठोर मुंह बनाकर बहू से कहा, "देखो बहू, तुम अब नन्हीं बच्ची नहीं रहीं – हमारे घर में ऐसी बेहयाई नहीं चलेगी।"

सास ने यह बात जिस भाव से कही, मृण्मयी उसे ठीक उसी रूप में न ले सकी। उसने सोचा कि इस घर में अगर न चले तो शायद दूसरी जगह कहीं जाना पड़ेगा।

दोपहर को बहू घर में नहीं दिखाई दी। 'कहां गई, कहां गई' – ढुंढ़ेरा पड़ गया। अन्त में विश्वासघातक राखाल ने उसके गुप्त स्थान का पता बताकर उसे पकड़वा दिया। वह बड़ के नीचे श्रीराधाकान्तजी के टूटे रथ में जाकर छिप गई थी।

सास ने, मां ने और अड़ोस-पड़ोस की सबकी सब हितैषिणियों ने उसको कितना डांटा-फटकारा और लज्जित किया, इसकी कल्पना खुद पाठक-पाठिकाएं ही कर लें तो अच्छा हो।

रात को ख़ूब बादल घिर आए और रिमझिम मेह बरसने लगा।

अपूर्व ने धीरे-धीरे मृण्मयी के पास पलंग पर जाकर उसके कान में धीरे-से

कहा, "मृण्मयी, तुम मुझे प्यार नहीं करतीं?"

मृण्मयी यकायक कड़ककर बोल उठी, "नहीं। मैं तुम्हें हरगिज़ नहीं प्यार करूंगी।" मानो उसने अपना सारा गुस्सा और सबके क़सूर का सारा दंड, सबको इकट्ठा करके एक साथ बिजली की तरह अपूर्व के माथे पर दे मारा।

अपूर्व ने दुखी होकर कहा, "क्यों, मैंने तुम्हारा क्या क़सूर किया है?"

इस क़सूर की सन्तोषजनक कैफ़ियत देना मुश्किल है। अपूर्व ने मन-ही-मन कहा, 'इस विद्रोही मन को जैसे भी बने वश में करना ही होगा।'

दूसरे दिन सास ने मृण्मयी में विद्रोही-भाव के सब लक्षण देखकर उसे कोठे में बन्द कर दिया। पिंजड़े में फंसी हुई नई चिड़िया की तरह पहले तो वह बहुत देर तक कोठे के अन्दर फड़फड़ाती रही, फिर बाद में जब कहीं भी भागने का कोई रास्ता न मिला, तो निष्फल क्रोध से उसने बिछौने की चादर को दांतों से चीथ-चीथकर उसके झन्ने उड़ा दिए, और ज़मीन पर औंधी पड़कर मन-ही-मन बाप की याद कर-करके रोने लगी।

ठीक इसी समय धीरे-से कोई उसके पास आकर बैठ गया और बड़े स्नेह से उसके धूल में लोटते हुए बालों को गालों पर से एक तरफ़ हटा देने की कोशिश करने लगा। मृण्मयी ने बड़े ज़ोर से अपना सिर हिलाकर उसका हाथ हटा दिया।

अपूर्व ने उसके कानों के पास अपना मुंह ले जाकर बहुत ही कोमल स्वर में कहा, "मैंने चुपके से दरवाज़ा खोल दिया है। चलो, अपने पीछे के बग़ीचे में भाग जाएं।"

मृण्मयी ने ज़ोर से सिर हिलाकर रोते हुए कहा, "नहीं।"

अपूर्व ने ठोड़ी पकड़कर उसका मुंह ऊपर को उठाना चाहा और कहा, "एक बार देखो तो सही, कौन आया है!"

राखाल ज़मीन पर पड़ी हुई मृण्मयी की ओर देखता हुआ हतबुद्धि की तरह दरवाज़े के पास खड़ा था। मृण्मयी ने बिना मुंह उठाए ही अपूर्व का हाथ झटककर अलग कर दिया।

अपूर्व ने कहा, "देखो तो सही, राखाल तुम्हारे साथ खेलने आया है, तुम

खेलने नहीं जाओगी?"

मृण्मयी ने गुस्से-भरे स्वर में कहा, "नहीं।"

राखाल ने भी देखा कि मामला गड़बड़ है। वह किसी तरह घर से बाहर निकलकर जान बचाकर भाग गया। अपूर्व चुपचाप बैठा रहा। जब मृण्मयी रोते-रोते थकके सो गई तब वह चुपके से उठा और बाहर से दरवाज़े की सांकल चढ़ाकर दबे-पावं वहां से चल दिया।

इसके दूसरे ही दिन मृण्मयी को पिता की एक चिट्ठी मिली। उसमें उन्होंने अपनी प्राणों से प्यारी बेटी मृण्मयी के ब्याह में न आ सकने के कारण विलाप करके अन्त में नव-दम्पति को आन्तरिक आशीर्वाद दिया था।

मृण्मयी ने सास के पास जाकर कहा, "मैं बापूजी के पास जाऊंगी।"

सास ने अकस्मात बहू की इस असम्भव प्रार्थना को सुनकर उसे डांट दिया, "बाप का कहीं कुछ ठीक-ठिकाना भी है कि ऐसे ही बापूजी के पास जाएगी! तेरा तो दुनिया से एक न्यारा ही स्वांग है! ऐसा लाड़ मुझे नहीं अच्छा लगता।"

बहू ने कुछ जवाब नहीं दिया। अपने कमरे में जाकर उसने भीतर से किवाड़ बन्द कर लिए, और बिलकुल हताश आदमी जिस तरह देवता से प्रार्थना करता है उसी तरह वह कहने लगी, "बापूजी, मुझे तुम ले जाओ यहां से। यहां मेरा कोई नहीं है। यहां मैं नहीं बचूंगी।"

बहुत रात बीत जाने पर जब उसके पति सो गए तब वह चुपके से दरवाज़ा खोलकर बाहर चल दी। यद्यपि बीच-बीच में बादल घिर-घिर आते थे, फिर भी चांदनी रात में रास्ता दिखाई देने लायक उजाला काफ़ी था। 'बापूजी' के पास जाने के लिए किस रास्ते से जाना चाहिए, मृण्मयी को कुछ भी पता न था। उसे तो सिर्फ़ इतना ही भरोसा था कि जिस रास्ते से डाक ले जानेवाले डाकिया लोग जाया करते हैं, उसी रास्ते से दुनिया के किसी भी ठिकाने पर पहुंचा जा सकता है। मृण्मयी उसी डाक की सड़क से चलती चली गई। जंगल में जबकि दो-एक पक्षी फड़फड़ाकर अनिश्चित स्वर में बोलना चाहते थे और साथ ही समय का निस्सन्देह निर्णय न कर सकने के कारण दुविधा में चुप रह जाते थे, उस समय मृण्मयी सड़क के छोर में, नदी के किनारे एक बाज़ार सरीखे स्थान पर जा पहुंची। इसके बाद वह सोच ही रही थी कि अब किस ओर जाना चाहिए, इतने

में उसे परिचित 'झमझम' शब्द सुनाई दिया। थोड़ी देर में कन्धे पर चिट्ठियों का थैला लटकाए हांफता हुआ डाक का 'रनर' आ पहुंचा।

मृण्मयी जल्दी से उसके पास जाकर करुण और थके हुए स्वर में बोली, "मैं अपने बापू के पास जाऊंगी कुशीगंज, तुम मुझे साथ ले चलो न!"

उसने कहा, "कुशीगंज कहां है, मुझे नहीं मालूम।" इतना-सा जवाब देकर वह घाट पर पहुंचा, और घाट पर बंधी हुई डाक की नाव में बैठकर मल्लाह को जगाकर उसने नाव खुलवा दी। उस समय उसे किसी पर दया दिखाने या पूछताछ करने की फुरसत नहीं थी।

देखते-देखते घाट और बाज़ार सजग हो उठे। मृण्मयी ने घाट पर जाकर एक मल्लाह से कहा, "मुझे कुशीगंज ले जाओगे?"

मल्लाह के उत्तर देने के पहले ही बग़ल की नाव पर से कोई बोल उठा, "अरे, कौन है? मीनू बेटी, तू यहां कैसे आई?"

मृण्मयी अत्यन्त व्यग्रता के साथ बोल उठी, "वनमाली, मैं बापूजी के पास कुशीगंज जाऊंगी, तू अपनी नाव पर मुझे ले चल।"

वनमाली उसके गांव का ही मल्लाह था, वह इस उच्छृंखल-प्रकृति बालिका को अच्छी तरह पहचानता था। उसने कहा, "बापू के पास जाएगी? बड़ी अच्छी बात है। चल, मैं तुझे पहुंचा दूं।"

मृण्मयी नाव पर जा बैठी।

मल्लाह ने नाव छोड़ दी। बादल घिर आए और मूसलाधार वर्षा होने लगी। सावन-भादों की तरह भरपूर चढ़ी हुई नदी फूल-फूलकर नाव को ज़ोरों से हिलाने लगी। मृण्मयी का सारा शरीर थकावट और नींद के मारे टूटने-सा लगा, आंखों में नींद भर आई, वह आंचल बिछाकर पड़ रही। और पड़ते के साथ ही, वह चंचल अशान्त बालिका नदी के इस हिंडोले में प्रकृति के स्नेह से पले हुए शान्त शिशु की तरह बेखटके सो गई।

आंख खुली तो देखा कि वह अपनी ससुराल में खाट पर पड़ी सो रही है। उसे जगते देखकर महरी बड़बड़ाने लगी। महरी की आवाज़ सुनकर सास भी आ पहुंची और कड़ी-कड़ी बातें सुनाने लगीं। मृण्मयी आंखें फाड़-फाड़कर चुपचाप

उनके मुंह की ओर देखती रही। अन्त में सास ने जब उसके बापू की 'शिक्षा' पर कटाक्ष करना शुरू किया तब मृण्मयी ने जल्दी से उठकर बग़ल की कोठरी में घुसकर भीतर से सांकल लगा ली।

अपूर्व ने हया-शरम को ताक पर रखकर मां से आकर कहा, "मां, बहू को दो-चार दिन के लिए एक बार मायके भेज देने में कोई हर्ज है?"

मां ने अपूर्व को ऐसा फटकारा कि जो 'न भूतो न भविष्यति।' दुनिया में इतनी लड़कियों के होते हुए न जाने कहां से छांट-छांटके ऐसी हाड़ जलानेवाली डाकू लड़की को घर में लाने की बेहूदगी पर अपूर्व को मां से काफ़ी खरी-खोटी सुननी पड़ी।

उस दिन दिन-भर घर के बाहर आंधी-मेह और भीतर आंसुओं की वर्षा होती रही।

दूसरे दिन आधी रात को अपूर्व ने मृण्मयी को धीरे-से जगाकर कहा, "मृण्मयी, तुम अपने बापूजी के पास जाओगी?"

मृण्मयी ने चौंककर जल्दी से अपूर्व का हाथ मसककर कृतज्ञ कंठ से कहा, "जाऊंगी।"

अपूर्व ने चुपके से कहा, "तो चलो, हम दोनों चुपचाप भाग चलें। मैंने घाट पर एक नाव ठीक कर रखी है।"

मृण्मयी ने अत्यन्त कृतज्ञ दृष्टि से एक बार पति के मुंह की ओर देखा, और उसके बाद झटपट उठकर कपड़े बदलकर चलने के लिए तैयार हो गई। अपूर्व ने मां को किसी तरह की चिन्ता न हो इसलिए एक पत्र लिखकर रख दिया, और दोनों निकल पड़े।

मृण्मयी ने उस अंधेरी रात में गांव के उस जनशून्य सुनसान, निर्जन रास्ते में यह पहली ही बार, अपने मन से, सारे अन्तःकरण से, पूरे विश्वास और निर्भरता के साथ अपने पति का हाथ पकड़ा, और उसके अपने हृदय का आनन्द-उद्वेग उस सुकोमल स्पर्श से उसके पति की नसों में भी संचारित होने लगा।

नाव उसी रात को चल दी। अशान्त हर्षोच्छ्वास के होते हुए भी मृण्मयी को बहुत जल्दी नींद आ गई।

दूसरे दिन कैसी मुक्ति थी, कैसा आनन्द था! दोनों ओर कितने बाज़ार, कितने खेत और जंगल दिखाई दे रहे हैं, इधर-उधर कितनी नावें आ-जा रही हैं। मृण्मयी छोटी-छोटी बात पर पति से तरह-तरह के सवाल करने लगी। 'उस नाव पर क्या है', 'ये लोग कहां से आ रहे हैं', 'इस जगह का नाम क्या है', ऐसे-ऐसे सवाल कि जिनके समाधान आज तक उसे कभी किसी कालेज की किताब में नहीं मिले और जो उसके कलकत्ते के अनुभव के बाहर थे।

अपूर्व की मित्रमंडली यह सुनकर ज़रूर लज्जित होगी कि अपूर्व ने इन सब प्रश्नों का अलग-अलग उत्तर दिया था, और उसके अधिकांश उत्तर ऐसे थे कि जिनका सत्य के साथ कोई मेल ही नहीं था। मसलन तिल की नाव को तीसी की नाव, पांचबेड़ा को रायनगर और मुंसिफ की अदालत को जमींदार की कचहरी बताने में उसे ज़रा भी संकोच नहीं हुआ; और सबसे बड़ी मज़े की बात यह कि इन सब भ्रमपूर्ण उत्तरों से विश्वस्त हृदय प्रश्नकारिणी के सन्तोष में तिल-भर भी बाधा न आई।

दूसरे दिन शाम को नाव कुशीगंज पहुंची।

टीन के झोंपड़े में एक मैली-कुचैली कांच की भद्दी लालटेन जलाकर छोटे-से डेस्क पर एक चमड़े की जिल्दवाला बड़ा रजिस्टर रखकर, उघड़े बदन स्टूल पर बैठे हुए ईशानचन्द्र हिसाब लिख रहे थे। इसी समय इस नव-दम्पति ने झोंपड़े के भीतर प्रवेश किया।

मृण्मयी ने पुकारा, "बापूजी!"

उस झोंपड़े में आज तक ऐसी कंठ-ध्वनि इस तरह इससे पहले और कभी भी नहीं सुनाई दी।

ईशान की आंख से टप-टप आंसू गिरने लगे, उस समय वे कुछ निश्चय न कर सके कि उन्हें क्या करना चाहिए। उनकी लड़की और दामाद मानो साम्राज्य के युवराज और युवराज्ञी हैं, यहां इन पटसन की गांठों के बीच में उनके बैठने

लायक सिंहासन कहां, किस तरह बनाया जा सकता है, इसी बात का निर्णय करने में मानो उनकी भटकती हुई बुद्धि और भी भटक गई। और खाने-पीने का इन्तज़ाम? – यह भी एक चिन्ता की बात है। ग़रीब क्लर्क अपने हाथ से दाल-भात बनाकर किसी तरह पेट भर लेता है। किन्तु आज ऐसे आनन्द के दिन में, वह क्या करे, क्या खिलावे?

मृण्मयी बोली, "बापूजी, आज हम सब मिलके रसोई बनाएंगे।"

अपूर्व ने इस प्रस्ताव पर अत्यन्त उत्साह प्रकट किया। उस छोटे-से झोंपड़े में जगह की कमी थी, आदमी की कमी थी, अन्न की कमी थी; किन्तु छोटे-से छेद में से जिस तरह फुंहारा चौगुने वेग से छूटता है, उसी तरह ग़रीबी के बारीक़ सूराख़ से आनन्द की धारा पूरी तेज़ी से बहने लगी।

इसी तरह तीन दिन बीत गए। दोनों वक़्त नियमित रूप से जहाज़ आकर जेटी से लगता है, मुसाफ़िरों का आना-जाना और शोरगुल सुनाई देता है। सन्ध्या के समय नदी-तट बिलकुल निर्जन हो जाता है। और तब एक तरह की अपूर्व, अबाध स्वाधीनता का अनुभव होता है। तीनों मिलकर तरह-तरह की तैयारियां करके, ग़लतियां करके, कुछ-का-कुछ और कहीं-का-कहीं करके रसोई बनाते। उसके बाद मृण्मयी के चूड़ियों-शुदा स्नेह-भरे हाथों से परोसा जाना, ससुर-जमाई का एक साथ बैठकर खाना-पीना और गृहिणीपन की सैकड़ों त्रुटियां दिखलाते हुए मृण्मयी का हंसी उड़ाया जाना और उस पर बालिका का आनन्द-कलह और मौखिक अभिमान करना – इन सब बातों से सबका चित्त आनन्द से पुलकित हो उठा।

अन्त में अपूर्व ने कहा, "अब ज़्यादा दिन रहना ठीक नहीं।" इस पर मृण्मयी ने करुण स्वर से और भी कुछ रोज़ ठहरने के लिए प्रार्थना की।

ईशान ने कहा, "नहीं, अब नहीं।"

विदा के दिन लड़की को छाती से लगाकर उसके माथे पर हाथ रखकर अश्रु-गद्गद कंठ से ईशानचन्द्र ने कहा, "बेटी, तू अपनी ससुराल में उजाला करना, लक्ष्मी बनकर रहना, अच्छा – जिससे मेरी मीनू में कोई कुछ दोष न निकाल सके।"

मृण्मयी रोते-रोते अपने पति के साथ विदा हो गई। और ईशान अपने उसी

दूने निरानन्दमय संकीर्ण टीन के झोंपड़े में, अपने उसी पुराने नियम के अनुसार माल तौलकर दिन-पर-दिन और महीने बिताने लगे।

दोनों अपराधियों की जुगल-जोड़ी जब घर लौटी, तो मां बहुत गम्भीर बनी रहीं, किसी से कुछ बात ही नहीं की। मां की तरफ़ से किसी के व्यवहार पर ऐसा कोई दोषारोप ही नहीं किया गया कि जिसकी सफ़ाई के लिए दोनों में से कोई कुछ कोशिश करता। इस नीरव अभियोग ने, इस निस्तब्ध अभिमान ने पहाड़ की तरह सारी घर-गृहस्थी को अटल होकर दबा रखा।

अन्त में जब असह्य हो उठा तो अपूर्व ने कहा, "मां, कालेज खुल गया है। अब मुझे क़ानून पढ़ने जाना होगा।"

मां ने उदासीन भाव से कहा, "बहू का क्या करोगे?"

अपूर्व ने कहा, "यहीं रहने दो।"

मां ने कहा, "ना, बेटा, ज़रूरत नहीं। उसे तुम अपने साथ ही लेते जाओ।"

साधारणतः मां अपूर्व से 'तू' कहकर ही बोलती हैं।

अपूर्व ने अभिमान-व्यथित स्वर में कहा, "अच्छा।"

कलकत्ता जाने की तैयारियां होने लगीं। जाने के एक दिन पहले रात को अपूर्व जब अपने कमरे में सोने गया तो देखा कि मृण्मयी बिस्तर पर पड़ी रो रही है।

सहसा उसके हृदय को बड़ी चोट पहुंची। व्यथित स्वर में बोला, "मृण्मयी, मेरे साथ कलकत्ता जाने को तुम्हारा जी नहीं चाहता?"

मृण्मयी ने कहा, "नहीं।"

अपूर्व ने पूछा, "तुम मुझसे प्रेम नहीं करतीं?"

इस प्रश्न का कुछ जवाब न मिला। आमतौर पर इस तरह के सवाल का जवाब बहुत ही आसान हुआ करता है, किन्तु कभी-कभी इसमें मनस्तत्व की इतनी जटिलता भरी रहती है कि बालिका से ठीक वैसे जवाब की उम्मीद नहीं की जा सकती। अपूर्व ने कहा, "राखाल को छोड़कर यहां से जाने में तुम्हारा जी नहीं चाहता, क्यों?"

मृण्मयी ने बड़ी आसानी से जवाब दिया, "हां।"

बालक राखाल के प्रति इस बी.ए. पास कृतविद्य युवक के हृदय में सुई के बराबर बहुत ही बारीक़ किन्तु अत्यन्त लम्बी ईर्ष्या का उदय हुआ। बोला, "मैं बहुत दिनों तक घर नहीं लौट सकूंगा।" इस संवाद के विषय में मृण्मयी को अपनी तरफ़ से कुछ नहीं कहना था। अपूर्व फिर बोला, "शायद दो-ढाई साल या उससे भी ज़्यादा दिन लग सकते हैं।"

मृण्मयी ने आदेश दिया, "वापस आते वक़्त तुम राखाल के लिए एक तीन फलवाला राजस का चाकू लेते आना।"

अपूर्व लेटा हुआ था, ज़रा उठकर बोला, "तो तुम यहीं रहोगी?"

मृण्मयी ने कहा, "हां। मैं अपनी मां के पास जाकर रहूंगी।"

अपूर्व ने एक हलकी-सी उसांस लेकर कहा, "अच्छी बात है, वहीं रहना। सुनो, जब तक तुम ख़ुद मुझे आने के लिए चिट्ठी न लिखोगी तब तक मैं नहीं आऊंगा। – अब तो ख़ूब खुश हुईं न?"

मृण्मयी इस सवाल का जवाब देना फजूल समझकर सोने लगी। किन्तु अपूर्व को नींद नहीं आई, वह तकिया ऊंचा करके उसके सहारे बैठा रहा।

बहुत रात बीते सहसा आकाश में चांद दिखाई दिया, और उसकी चांदनी बिस्तर पर आकर फैल गई। अपूर्व उस उजाले में मृण्मयी के चेहरे की ओर देखने लगा। देखते-देखते उसे ऐसा मालूम हुआ जैसे रूपकथा की राजकुमारी को कोई चांदी की छड़ी छुआकर अचेत कर गया हो। एक बार सिर्फ़ सोने की छड़ी छुआते ही इस सोती हुई आत्मा को जगाकर उससे माला बदली जा सकती है। चांदी की छड़ी हंसी है और सोने की छड़ी आंसू।

तड़के ही अपूर्व ने मृण्मयी को जगा दिया। बोला, "मृण्मयी, मेरे जाने का समय हो गया। चलो, मैं तुम्हें तुम्हारी मां के यहां पहुंचा आऊं।"

मृण्मयी बिस्तर से उठकर चलने के लिए खड़ी हो गई। अपूर्व ने उसके दोनों हाथ थामकर कहा, "अब एक प्रार्थना और है तुमसे। मैंने कितने ही मौक़ों पर तुम्हें मदद पहुंचाई है, आज परदेस जाते समय तुम मुझे उसका कुछ इनाम दोगी?"

मृण्मयी ने आश्चर्य के साथ पूछा, "क्या?"

अपूर्व ने कहा, "तुम मुझे अपनी तबीयत से, प्यार से, मुझे एक प्यार दो।"

अपूर्व की इस अजीब प्रार्थना और गम्भीर चेहरे को देखकर मृण्मयी हंसने लग गई, और फिर मुश्किल से उस हंसी को रोककर चुम्बन देने को आगे बढ़ी। अपूर्व के मुंह के पास मुंह ले जाकर उससे न रहा गया, खिलखिलाकर हंस पड़ी। इस तरह दो बार किया और अन्त में स्थिर होकर आंचल से मुंह ढंककर हंसने लगी। अपूर्व से और कुछ न बन पड़ा तो उसने डांटने के बहाने उसके बाएं कान की लोलकी पकड़कर हिला दी।

अपूर्व ने अपने मन में एक बड़ी कड़ी प्रतिज्ञा कर रखी थी, और वह यह कि डाका डालकर या लूट-खसोटकर वह कुछ नहीं लेना चाहेगा। इसमें वह अपना अपमान समझता है। वह चाहता है कि देवता के समान सगौरव रहकर स्वेच्छा से भेंट किए हुए उपहार को ग्रहण करे, अपने हाथ से उठाकर कुछ भी न ले।

मृण्मयी फिर नहीं हंसी। अपूर्व उसे प्रभात के सुनहले प्रकाश में निर्जन मार्ग से उसकी मां के घर पहुंचा आया। और फिर घर आकर अपनी मां से बोला, "मां, मैंने ख़ूब सोच-विचारकर देखा कि बहू को अपने साथ कलकत्ता ले जाने से पढ़ाई में बड़ा हर्ज होगा। और वहां उसकी कोई साथिन भी नहीं है। तुम तो उसे अपने पास रखना नहीं चाहतीं, इसलिए मैं उसे मायके पहुंचा आया हूं।" इस तरह गहरे अभिमान में ही माता-पुत्र का विच्छेद हुआ।

मायके आकर मृण्मयी को मालूम हुआ कि अब वहां उसका किसी तरह मन ही नहीं लगता। उस घर में मानो शुरू से आख़िर तक सब-कुछ बदल गया है, पहले का-सा कुछ भी नहीं रहा। समय काटे नहीं कटता। वह क्या करे, कहां जाए, किससे मिले – उसकी कुछ समझ में नहीं आता।

मृण्मयी को सहसा ऐसा लगा कि मानो घर-भर में, और सारे गांव में, कोई आदमी ही नहीं है, मानो दोपहर को सूर्यग्रहण हुआ है। यह बात किसी भी तरह उसकी समझ में ही नहीं आई कि आज जो कलकत्ता जाने के लिए उसकी तबीयत इतनी फड़फड़ा रही है, कल रात को उसकी वह तबीयत कहां चली गई

थी? कल वह नहीं जानती थी कि जीवन के जिस हिस्से को छोड़कर कलकत्ता जाने में उसका जी इतना आगा-पीछा कर रहा है, आज उसका सारा स्वाद ही बदल जाएगा। पेड़ के पके पत्ते की तरह डंठल से गिरे हुए उस अतीत जीवन को आज उसने अपनी इच्छा से अनायास ही दूर फेंक दिया।

पुरानी कहानियों में सुना करते हैं कि पहले निपुण अस्त्रकार ऐसी बारीक़ तलवार बना सकते थे कि जिससे आदमी को काटकर दो टुकड़े कर देने पर भी उसे मालूम नहीं पड़ता था और जब उसे हिलाया जाता था तो उसके दो टुकड़े हो जाते थे। विधाता की तलवार ऐसी ही सूक्ष्म है कि कब उन्होंने मृण्मयी के बाल्य और यौवन के बीच में वार किया, वह जान ही न सकी, और आज न जाने कैसे ज़रा हिल जाने से उसका बाल्य-अंश यौवन से अलग जा गिरा, और तब वह आश्चर्य में आकर व्यथित होकर देखती ही रह गई।

मायके में उसकी पहले की वह पुरानी कोठरी उसे अपनी नहीं मालूम हुई। जो मृण्मयी वहां रहती थी, अब मालूम हुआ कि वहां वह नहीं रही। अब हृदय की सारी स्मृति एक दूसरे ही घर में, दूसरे ही कमरे में, दूसरी ही शय्या के आसपास गूंजती हुई उड़ने लगी। मृण्मयी अब बाहर नहीं दिखाई देती। अब उसकी हास्य-ध्वनि भी नहीं सुन पड़ती। राखाल उसे देखकर डर जाता है। खेलकूद की बात तो अब उसके मन में भी नहीं आती।

मृण्मयी ने अपनी मां से कहा, "मां, मुझे ससुराल ले चल।"

उधर, कलकत्ता जाते समय पुत्र के उस उदास चेहरे की याद कर-करके मां की छाती फटी जा रही थी। गुस्से में आकर बहू को वह समधिन के घर छोड़ आया, यह बात उनके मन में सुई की तरह चुभने लगी।

इतने में, एक दिन घूंघट मारकर बहू बनकर मृण्मयी आ पहुंची – चेहरा उसका मुरझा-सा गया था – और उसने सांस के पांव लागे। सास की आंखों में आंसू भर आए और उसी क्षण बहू को उन्होंने छाती से लगा लिया।

क्षण में दोनों का मिलाप हो गया। बहू का चेहरा देखकर सास को बड़ा आश्चर्य हुआ, अब वह मृण्मयी रही ही नहीं! ऐसा परिवर्तन तो साधारणतः सबके लिए सम्भव नहीं होता। बड़े परिवर्तन के लिए बड़े बल की ज़रूरत होती है। सास ने ख़ूब सोच-विचार के बाद यह तय किया था कि बहू के दोष वे

एक-एक करके सब सुधार लेंगी, किन्तु यहां तो पहले ही से किसी अदृश्य सुधारक ने संक्षिप्त उपाय से मानो उसे नया ही जन्म दे दिया।

अब बहू ने सास को पहचान लिया और सास ने बहू को। वृक्ष के साथ शाखा-प्रशाखाओं का जैसा मेल होता है, उसी तरह सारी घर-गृहस्थी मानो आपस में मिलकर अखंड एक हो गई।

यह जो एक गम्भीर-स्निग्ध विशाल रमणी-प्रकृति मृण्मयी के सारे शरीर में, सम्पूर्ण अन्तःकरण में, अणु-अणु में व्याप्त हो गई है, वह मानो उसे वेदना देने लगी। प्रथम आषाढ़ के श्याम और सजल नए बादलों की तरह उसके हृदय में एक तरह का आंसुओं से परिपूर्ण और दूर तक फैला हुआ अभिमान उमड़ने लगा। उस अभिमान ने उसकी आंखों की छायादार लम्बी पलकों पर और भी एक गहरी छाया डाल दी। वह मन-ही-मन पति से कहने लगी, 'मैं अपने को न समझ सकी तो न सही, पर तुमने मुझे क्यों नहीं समझा? तुमने मुझे सज़ा क्यों नहीं दी? तुमने मुझे अपनी इच्छा के अनुसार क्यों नहीं चलाया? मुझ डाइन ने जब तुम्हारे साथ कलकत्ता चलने की मनाही कर दी तो तुम मुझे ज़बरदस्ती पकड़कर क्यों नहीं ले गए? तुमने मेरी बात क्यों सुनी, मेरी ज़िद क्यों पूरी की, मेरे हठ को क्यों सहा?'

उसके बाद, फिर उसे उस दिन की याद उठ आई, पहले-पहले जिस दिन अपूर्व सवेरे तालाब के किनारे सुनसान रास्ते में उसे क़ैद करके, मुंह से कुछ न कहकर सिर्फ़ उसके चेहरे की तरफ़ देर तक देखता रहा था। उस दिन के उस तालाब की, उस रास्ते की, पेड़ के नीचे उस छाया की, सवेरे की उस सुनहरी धूप की, हृदय-भार से झुकी हुई उस गहरी चितवन की उसे याद उठ आई, और सहसा उसका पूरा-पूरा अर्थ उसकी समझ में आ गया। उसके बाद, विदा के दिन जिस चुम्बन को वह अपूर्व के ओठों तक ले जाकर लौटा लाई थी वह अधूरा चुम्बन अब मरु-मरीचिका की ओर प्यासे हरिण की तरह उत्तरोत्तर तेज़ी के साथ उस बीते हुए अवसर की ओर उड़ान भरने लगा, परन्तु प्यास उसकी किसी भी तरह नहीं मिटी। अब रह-रहकर उसके मन में यही बातें आती हैं, अरे, उस समय अगर ऐसा करती, उनकी बात का अगर ऐसा जवाब देती, तब अगर ऐसा करती इत्यादि।

अपूर्व के मन में इस बात का बड़ा खेद रहा कि मृण्मयी ने उसे अच्छी तरह पहचाना नहीं, और मृण्मयी भी आज बैठी-बैठी सोच रही है कि उन्होंने उसे क्या समझा होगा, क्या सोचते होंगे वे! अपूर्व ने उसे 'उद्दंड चपल मूर्ख अविवेकी लड़की' समझ लिया, लबालब भरे हुए हृदयामृत की धारा से अपनी प्रेम-पिपासा मिटाने में उसे समर्थ तरुणी नहीं समझा, इस पश्चात्ताप से, धिक्कार से मारे शरम के वह धरती में गड़-गड़ जाने लगी, और प्रियतम के चुम्बन और लाड़-सुहाग के उन ऋणों को वह पति के तकिए को दे-देकर उऋण होने की कोशिश करने लगी। इस तरह बहुत दिन बीत गए।

अपूर्व जाते वक़्त कह गया था, 'जब तक तुम ख़ुद चिट्ठी नहीं लिखोगी तब तक मैं नहीं आऊंगा।' मृण्मयी उसी बात की याद करके एक दिन घर का दरवाज़ा बन्द करके चिट्ठी लिखने बैठी। अपूर्व ने उसे जो सुनहरी-किनारी के रंगीन काग़ज़ दिए थे उन्हें निकालकर वह बैठी-बैठी सोचने लगी, क्या लिखे? बड़ी सावधानी से अच्छी तरह हाथ जमाकर टेढ़ी-मेढ़ी लक़ीर बनाकर उंगलियों में स्याही पोतकर छोटे-बड़े अक्षरों में, ऊपर कुछ सम्बोधन बिना किए ही, एकदम लिख दिया, "तुम मुझे चिट्ठी क्यों नहीं देते? तुम कैसे हो! तुम जल्दी घर आओ।" और क्या लिखे, सोचकर कुछ तय न कर सकी। असल बात जो थी सो सब लिखी जा चुकी। किन्तु मनुष्य समाज में मन का भाव और भी ज़रा कुछ बढ़ाकर प्रकट किया जाना चाहिए। मृण्मयी को भी यह कमी खटकी। इसलिए उसने और भी बहुत देर तक सोच-सोचकर और कुछ नए शब्द जोड़ दिए, "अब तुम मुझे चिट्ठी देना, और कैसे रहते हो सो लिखना, और घर आना, मां अच्छी तरह हैं, बिसू, पुत्ती सब अच्छी तरह हैं, और कल हमारी काली गाय के बछड़ा हुआ है।"

इतना लिखकर चिट्ठी ख़त्म कर दी। चिट्ठी को लिफ़ाफ़े में बन्द करके प्रत्येक अक्षर पर एक-एक बूंद हृदय का प्रेम उंडेलते हुए उस पर लिख दिया, श्रीयुत बाबू अपूर्वकुमार राय। प्रेम चाहे जितना उड़ेला गया हो, किन्तु फिर भी सतर सीधी; अक्षर सुन्दर और हिज्जे सही नहीं हुए। लिफ़ाफ़े पर नाम के सिवा और भी कुछ लिखना ज़रूरी है, मृण्मयी इस बात से वाक़िफ़ नहीं थी। कहीं सास या और कोई देख न ले, उस डर से उस चिट्ठी को उसने एक विश्वस्त दासी के हाथ डाक

में डलवा दिया। कहने की ज़रूरत नहीं कि उस चिट्ठी का कुछ नतीजा नहीं निकला, अपूर्व घर नहीं आया।

मां ने देखा कि कालेज की छुट्टियां हो गईं, फिर भी अपूर्व घर नहीं आया। सोचा, अब भी वह उनसे गुस्सा है। मृण्मयी ने भी समझ लिया कि पति उससे नाराज़ हैं; और तब वह अपनी चिट्ठी की याद करके मारे शरम के गड़-गड़ जाने लगी। वह चिट्ठी उसकी तुच्छ थी, उसमें तो कोई बात ही नहीं लिखी गई, उसके मन का भाव तो उसमें कुछ ज़ाहिर ही नहीं हुआ। उसे पढ़कर वे उसे मन-ही-मन और भी अवज्ञा करते होंगे, यह सोच-सोचकर वह तीर-बिंधे शिकार की तरह भीतर-ही-भीतर तड़पने लगी।

दासी को उसने बार-बार पूछा, "उस चिट्ठी को तू डाक में डाल आई थी?"

दासी ने उसे बार-बार विश्वास दिलाकर कहा, "हां, बहूजी – मैं अपने हाथ से चिट्ठी के बक्स में डाल आई हूं। बाबू जी को वह मिल गई होगी।"

अन्त में अपूर्व की मां ने एक दिन मृण्मयी को बुलाकर कहा, "बहू, अपू बहुत दिनों से घर नहीं आया, मन चाहता है कलकत्ता जाकर उसे देख आऊं। तुम साथ चलोगी?"

मृण्मयी ने सम्मति-सूचक सिर हिला दिया और फिर अपने कमरे में जाकर दरवाज़ा बन्द करके, बिस्तर पर पड़कर, तकिये को छाती से लगाकर, हंसकर, इधर-से-उधर करवट लेकर, हृदय के आवेग को मनमानी छुट्टी देकर हलकी होने लगी। उसके बाद क्रमशः गम्भीर बनकर, उदास होकर, आशंका में डूबकर बैठी-बैठी रोने लगी।

अपूर्व को कोई ख़बर बिना दिए ही दोनों अनुतप्ता स्त्रियां उसकी प्रसन्नता की भीख मांगने के लिए कलकत्ता चल दीं।

अपूर्व की मां कलकत्ते में अपने दामाद के यहां ठहरीं।

उस दिन शाम को, मृण्मयी के पत्र की आशा छोड़कर निराश होकर अपूर्व प्रतिज्ञा भंग करके खुद ही उसे चिट्ठी लिखने बैठा था। कोई भी शब्द मन को पसन्द नहीं आ रहा था, वह ऐसा कोई सम्बोधन ढूंढ़ रहा था कि जिसमें पूर्ण

प्रेम भी प्रकट हो और अभिमान भी, शब्द ढूंढ़े न मिला तो मातृभाषा पर उसकी अश्रद्धा बढ़ने लगी। इतने में उसे बहनोई का पत्र मिला कि 'तुम्हारी मां आई हैं – जल्दी आकर मिलो, और शाम को यहीं ब्यालू करना। घर के समाचार सब अच्छे हैं।' समाचार अच्छे होने पर भी उसका मन अमंगल की आशंका से विमर्ष हो उठा। और झटपट उठकर वह बहनोई के घर चल दिया।

भेंट होते ही मां से उसने पूछा, "मां, घर में सब राज़ी-ख़ुशी है न?"

मां ने कहा, "हां, सब ख़ुशी-राज़ी है बेटा। छुट्टियों में तू घर नहीं गया, इसी से मैं तुझे लेने आई हूं।"

अपूर्व ने कहा, "इसके लिए तुम्हें इतनी तकलीफ़ उठाकर यहां आने की क्या ज़रूरत थी! मुझे क़ानून की परीक्षा देनी थी..."

खाते वक़्त बहन ने पूछा, "भैया, आते वक़्त भाभी को तुम साथ क्यों नहीं लेते आए? छोड़ क्यों आए थे?"

भैया ने गम्भीरता के साथ कहा, "क़ानून की पढ़ाई थी..."

बहनोई ने हंसकर कहा, "यह सब फालतू बातें हैं – असल में हमारे डर से लाने की हिम्मत नहीं पड़ी!"

बहन बोली, "हो भी तो डरावने आदमी! छोटे बच्चे कहीं अचानक देख लेते हैं तो मारे डर के उन्हें बुख़ार आ जाता है।"

इस तरह हंसी-मज़ाक़ चलने लगा, परन्तु अपूर्व बिलकुल उदास ही बना रहा। कोई भी बात उसे अच्छी नहीं लग रही थी। वह सोच रहा था कि 'मां जब कलकत्ते आईं, तो मृण्मयी चाहती तो मां के साथ आसानी से आ सकती थी। शायद मां ने उसे साथ लाने की कोशिश भी की होगी, किन्तु वह अल्हड़ लड़की राज़ी नहीं हुई होगी।' और इस विषय में संकोच के कारण मां से वह कुछ पूछ भी न सका। सारा मानव-जीवन और विश्व की रचना उसे शुरू से आख़िर तक व्यर्थ मालूम होने लगी।

भोजन करने के बाद बड़े ज़ोर की आंधी आई, घनघोर वर्षा होने लगी।

बहन ने कहा, "भैया, आज यहीं रह जाओ।"

भैया ने कहा, "नहीं, मुझे काम है, जाना होगा।"

बहनोई ने कहा, "रात को तुम्हें ऐसा क्या काम है? एक रात के लिए यहां रह ही गए तो क्या। – तुम्हें तो किसी को जाकर कैफ़ियत नहीं देनी। फिर फ़िकर किस बात की?"

बहुत कहने-सुनने के बाद, बिलकुल तबीयत न होने पर भी अपूर्व रात को वहीं सोने के लिए राज़ी हो गया। बहन ने कहा, "भैया, तुम थके हुए मालूम होते हो – अब जागो मत। चलो – सोओ जाकर।"

अपूर्व की भी यही इच्छा थी कि बिस्तर पर अंधेरे में अकेला जाकर सो रहे तो उसकी जान बचे। बात का जवाब देना भी उसे अखरता था।

सोने के लिए उसे जिस कमरे के द्वार तक पहुंचाया गया वहां जाकर उसने देखा कि भीतर अंधेरा है।

बहन ने कहा, "हवा से बत्ती बुझ गई मालूम होती है – दूसरी बत्ती लिए आती हूं।" अपूर्व ने कहा, "नहीं, ज़रूरत नहीं। बत्ती जलाकर सोने की मेरी आदत नहीं।"

बहन के चले जाने पर अपूर्व अंधेरे कमरे में सावधानी के साथ पलंग की ओर बढ़ा।

पलंग पर बैठना ही चाहता था कि इतने में सहसा चूड़ियों के खनकने की आवाज़ हुई, और एक सुकोमल बाहुपाश ने उसे कठिन बन्धन में बांध लिया। और फिर फूल-से कोमल व्याकुल ओठों ने डाकू की तरह आकर अविरल अश्रुधारा से भीगे हुए आवेगपूर्ण चुम्बनों के मारे उसे आश्चर्य प्रकट करने तक का मौक़ा नहीं दिया। अपूर्व पहले तो चौंक पड़ा, उसके बाद उसकी समझ में आया कि बहुत दिनों पहले जो काम सिर्फ़ हंस देने के कारण ही अधूरा रह गया था उसे आंसुओं की धारा ने आज समाप्त कर दिया।

(मूल रचना : अगहन, 1950)